新潮文庫

女刑事音道貴子

花散る頃の殺人

乃南アサ著

新潮社版

6701

目次

女刑事音道貴子

花散る頃の殺人

あなたの匂《にお》い

1

急いでいる朝に、せっかく穿《は》いたストッキングが伝線することほど苛立《いらだ》つものはない。ことに、先に足を入れた方は大丈夫なのに、もう片方の足の、膝《ひざ》より上まできたあたりで伝線を見つけたりすると、思わず舌打ちのひとつもしたくなる。どういうわけか慌《あわ》てている時に限って、そういうことになるのだ。

その朝の、音道貴子《おとみちたかこ》がそうだった。

――何でよ、もう。

せっかく穿いたストッキングを急いで脱ぎ、寝乱れたままのベッドの脇《わき》に置かれているゴミ箱に放り込むと、貴子はチェストの抽出《ひきだし》に手を伸ばした。いつでも買い置きを心掛けているつもりだが、ストッキングの消耗は激しく、気が付くと足りなくなっている。

――今日あたり、まとめ買いをしておかなきゃ。

新しいパッケージを開き、急いで手を動かしながら、時計代わりのテレビの画面を眺めれば、既に七時十五分になろうとしていた。いつもならば、もう家を出る時刻だ。目覚まし時計に頼りきっていたのが悪いのか、その朝の貴子はいつもよりも三十分以上寝坊してしまった。

新しいストッキングを穿き終え、とにかく大急ぎで身支度を整えて、まずはテレビを消す。さらに、殺風景な室内で、唯一《ゆいいつ》明るさを演出しているピンクのカーテンを開けると、朝陽がまともに顔にあたった。今日も好天だ。大きめの黒いショルダーバッグを肩にかけながら慌ただしく八畳程の台所に行き、一瞬迷った上で、大したものの入っていない冷蔵庫を開け、缶入り野菜ジュースを取り出す。何かひとつは口に入れておかないと、脳の動きが活発にならないとどこかで聞いてから、貴子はどんなに急いでいても、毎朝、その緑黄色野菜ジュースだけは欠かさず飲むことにしていた。その缶のプル・タブに指をかけたまま、今度は小さな洗面所に行って、壁に取り付けられている鏡を覗《のぞ》き込む。どこから見ても一人前に見える大人の女が、鏡の向うから、こちらを試すような目つきで自分を見つめ返してくる。

――よし。

最近、衿《えり》に触れそうなところまで伸びてきた髪は、寝癖には見えない程度に、緩く波うっている。秋らしい、少しダークなピンク系の口紅も、今日のアイボリーのスーツには、それなりに馴染《なじ》んでいると思う。少しだけ澄ました表情を作ると、貴子は、鏡の前で片手を腰にあて、野菜ジュースを一気に飲んだ。空き缶は台所のテーブルの上に置きっ放しにして、そのまま玄関に向かい、最近買い換えたばかりのヒールの低い黒い靴に足を入れてから、最後に振り返って、戸締まりと火の元を確認する。

「おはようございます」

勢い良く玄関の扉を押し開けた途端だった。目の前に、見知らぬ女性が、にっこりと笑いながら立っていた。ぎょっとして、思わず声を出しそうになってしまった貴子は、咄嗟《とっさ》に身構える姿勢になって、その女性を観察した。年齢は五十代の半ばというところだろうか、小柄で中肉、保険か何かの勧誘にしては、化粧気もなく、髪も乱れているし、第一、普段着のままでエプロンをしている。

「実は、おりいってお願いがありまして」

その女性は如才ない笑顔で、いかにも親しげに、こちらの顔を見上げてくる。貴子は、どういう反応を示せば良いのかも分からないまま、自分も曖昧《あいまい》な笑みを浮かべようと、母と同年代くらいの彼女を見つめた。

「あの、どちら様ですか？」

貴子の問いに、彼女は初めて思い出したように「お隣の者です」と答えた。

「お隣？」

確か、隣には貴子よりも少し若いＯＬ風の女性が住んでいたはずだと思っていると、その女性はくるりと振り返って、マンションの通路から下を見下ろした。

「上から見ると、こんな風なんですね。何だか不思議になっちゃうわ」

秋の風に吹かれながら、彼女は少しの間、しみじみとした表情になっている。貴子は、とにかく玄関の鍵《かぎ》をかけながら、取りあえずは近所の住人には間違いないらしい彼女が、一体何の用なのだろうかと考えた。

「急いでるものですから」

施錠《せじよう》を終えて声をかけると、彼女はようやく振り返って「これから、お仕事ですか？」などと言う。その、必要以上に親しげに聞こえる言葉の響きに、貴子は何となくざらりとした嫌な感触を覚えた。

「あら。じゃあ、歩きながらで結構ですから」

貴子の住まいは、五階建てのマンションの最上階にある。普段の貴子は、出かけるときはエレベーターを使わず、階段を駆け下りてしまうことの方が多かった。特に、今朝のように急いでいる時には、エレベーターを待っているのももどかしくなる。だが、貴子の後を付いてきた女性は、エレベーターの前まで来ると、当然のように▼のボタンを押して、改めて貴子を見上げてくる。

「実は、息子のことなんですけれどね」

「息子、さん？」

そこで、彼女は素早く周囲に目を配った。貴子は、いよいよわけが分からなくなって、この早朝の客を改めて眺めた。

「下の、息子なんです。今年で二十一になるんですけれどもね」

見知らぬ女は貴子に半歩ばかり近付き、声をひそめて、「捕まったんです」と言った。

一瞬、何の話を聞かされようとしているのか、どう応《こた》えるべきかが分からなくなって、思わず彼女の顔に見入っているうちに、エレベーターのドアが開いた。貴子は、その女性と並んで小さなエレベーターに乗り込んだ。

「スピード違反でね。先週のことなんですけれど」

「――」

「ああ、別にね、刑務所に入れられたりしたわけじゃないんですけれど、でも、免停なんですって」

狭い密室の中で、彼女は困ったような笑顔のままで、その息子は仕事柄、免許がなければ困るのだと言った。貴子は、嫌な気分になりながら、黙って彼女の声を聞いていた。一体、何キロオーバーだったのか、それとも点数の残りが少なかったのか。

「それでねえ、本当に図々《ずうずう》しいことは百も承知しているんですけれど――何とか、お力になっていただけないかなあって」

「私に、ですか?」

「そういうこと、お出来になるんでしょう?」

エレベーターが一階に着いた。手元の時計を見て、ますます焦《あせ》りながら、貴子はそれでも自分の後を付いてくる女性を、どう振り切れば良いのかが分からなかった。結局、普段よりもゆっくりした歩調で彼女と歩きながらマンションを出る。

「もちろん、あの、お礼はさせていただきますから。息子はね、うちの仕事も手伝ってるんです。配達の時に車が使えないのは、本当に困るんですよね」

「そう仰《おつしや》られても、私には、何も出来ることなんて――」

「だって、警察の方なら、そういうことは簡単にお出来になるって、聞きましたけどねえ。何ていうんですか、お目こぼしっていうか、なかったことにっていうか」

貴子は立ち止まって、今度こそ改めて隣の女を見つめた。わずかに媚《こ》びを含んだ、計算高そうな目つきで、こちらの機嫌をうかがうように貴子を見上げて、彼女は再びにっこりと笑った。

「ほら、うち、そこのお米屋さんなんです」

彼女が振り返って指をさしたので、貴子も思わず視線を移した。確かに、貴子のマンションの隣には、古くて小さな米穀店がある。だが、貴子はその店を利用したことは一度もなかった。一人で暮らしていれば、米の消費量などたかが知れているし、月に何度か、車で大型スーパーに買い出しに行くときに、米も一緒に買ってしまっているからだ。

「音道さんですよねえ？　警察の方なんでしょう？」

「――それ、どなたからお聞きになったんですか」

「違うんですか？」

「違いませんが、どこからお聞きになりました？」

貴子は、唇を引き締め、女を見る視線に力を込めて、同じ質問を繰り返した。ただでさえ、遅刻しそうな朝だというのに、どうしてこういうことで煩《わずら》わされなければならないのかと思う。だが、貴子が警察の人間であることを知っているのは、不動産屋と家主くらいのものだ。だが、そのどちらにも、一応の口止めをしてある。利用したこともない米屋が、そんなことを知る理由が分からなかった。

「どこからって――それは、ちょっと」

「ちょっとって、どういうことでしょう。私は、ご近所で自分の仕事のことなんか、お話しした記憶はないんですが」

じりじりと苛立ちがこみ上げてくる。こんな話をしている余裕はないのだ。わざとらしく腕時計を覗き込んで見せると、米屋は慌てた表情になって、追いすがるように貴子の腕を摑《つか》もうとしてくる。

「葉書が、落ちてたんですよ。お宅に来た葉書が――」

「葉書？」

貴子は眉《まゆ》をひそめた。米屋の女房は、余計に慌てた表情になって、エプロンのポケットから二つ折りにされた一枚の紙を取り出した。縦横にセロテープでつなぎ合わせた紙を受け取って、貴子は今度こそ顔色が変わる思いだった。それは、間違いなく貴子に届けられた葉書だった。以前、同じ職場にいた仲間からの、九月の異動で新しい職場に変わったことの報告を兼ねた挨拶《あいさつ》状だ。印刷された文面の脇には、手書きで「刑事生活はいかがですか。たまにはうちにも遊びに来て下さい」などと書かれている。

「すごいですねえ、女の刑事さんなんて」

「――」

「うちでもね、家族で驚いてたんです。でも、まあ、こんなにお若くて、可愛《かわい》らしい方だとは思いませんでした」

だが、貴子はその葉書を細かく破って捨てた記憶がある。とりあえずは、知人の異動先だけは手帳に書き写したものの、貴子は、その人物に良い印象を抱いていなかったし、今は刑事部に配属されている貴子にとって、交通にいた頃の、そう親しくもなかった仲間の異動など、大して興味のあることではなかったからだ。それは確か、先週のことだと思う。

「これ、お宅が貼《は》り合わせたんですか」

つい、詰問《きつもん》する口調になると、米屋の女房は慌てて顔の前で手を振り、テープでつなぎ合わせた形で、店の前に落ちていたのだと答えた。

「一度破いたものをね、また貼り合わせてあるわけですから、大切なものなのかと思って、つい拾ったんです。それで、悪いかと思ったんですけれど、葉書ですからねえ、嫌でも読めちゃうじゃないですか。そうしたら、あらまあ、ご近所に刑事さんがいらっしゃるのかっていうことになって」

ちょうど、次男がスピード違反で捕まった直後だっただけに、これは天の助けだと、頭の中で閃《ひらめ》いたのだと彼女は言った。

「それで、あのう——息子のことなんですけれど」

貴子は、改めて米屋の女房を見ると、可能な限り冷淡に聞こえないように、意識的にゆっくりと、そういう相談には乗れないのだと答えた。当たり前ではないか。こういうことがあるから、自分の身元を明かしたくないのだ。特に親しくもない人間が自分たちに近付いてくるときは、大抵が、こういう「お目こぼし」のようなものを願っての相談事と相場が決まっている。何とかならないでしょうか。どうにかしていただけませんか。

「でも、出来ないことじゃ、ないんじゃないんですか？　うちのお得意様の中でも、駐車違反で車を持っていかれても、知り合いの警察の方に頼めば大丈夫だって言ってる人がいて——」

「だったら、その方にご相談なさったらいかがですか？　私には、そういうことは出来ませんから。すみません、本当に急ぐんです」

それだけ言うと、貴子はあからさまに落胆した表情で立ち尽くす米屋の女房を残して、大股《おおまた》で歩き始めた。まったく、何ていう朝なんだろう。目覚ましは鳴らなかったし、ストッキングは伝線、その上、こんなところで時間をロスするなんて。

——米屋じゃなかったら、誰が。

駅に向かって歩きながら、貴子は、こういう憂鬱《ゆううつ》は、どうやって取り払えば良いのだろうかと考えていた。

2

貴子は、京王井の頭線の永福町駅に程近いマンションに住んでいる。出勤するには、井の頭線で吉祥寺に出てJR中央線に乗り換え、都心とは反対方向の立川まで行って、さらにそこからバスに乗らなければならない。どう頑張っても一時間近くはかかってしまう道のりだった。結局、貴子はその日、始業時間の八時半ぎりぎりに、ようやく職場にたどり着いた。

［——パトカー《PC》なし、直ちに待機車両を出向されたい。どうぞ］

［国分寺了解、『国分寺4』が本署《PS》から出向する。どうぞ］

［『警視庁』了解、以上『警視庁』］

立川にある警視庁多摩総合庁舎が、現在の貴子の職場だった。まだ新しいその庁舎内にある第三機動捜査隊立川分駐所で、貴子は常に、同じチームを組んでいる他の三人のメンバーと共に、出動の指令を待っている。室内には、同じ庁舎内にある警視庁通信司令本部多摩通信司令室から、立川、国立《くにたち》、府中、小金井、小平、三鷹《みたか》などの、いわゆる第八方面に向けて発信される無線連絡が常時流れていた。

貴子が所属している機動捜査隊とは、警視庁の刑事部に所属しており、凶悪事件その他の重要事件の初動捜査を行うほか、所轄《しょかつ》署以上に広範囲に行動できる機動力を有するため、広域捜査によって、各種の犯罪の捜査や取締りを行うことを任務としている。機捜の出動が必要であると認められる犯罪が発生した場合、貴子たちは即座に覆面パトカーに乗り込んで、現場に急行するわけだ。そして、初動捜査にあたり、被疑者が逃走しているなどの場合には、ある程度のところで、事件を所轄署に回す。

「――『立川中央』宛《あて》、一一〇番、整理番号九十八番、指令十時十二分。担当今川です、どうぞ」

「『立川中央』了解。リモコン担当大西です。どうぞ」

「駐車違反車両。立川市幸町四丁目――」

「『立川中央』了解。交番《PB》より警察官《PM》を向かわせます。どうぞ」

貴子たちは、通常は三部制で勤務している。日勤・宿直当番・非番の繰り返しで動いているわけだが、いわゆる機捜が出動しなければならないような事案である、喧嘩《けんか》、ひったくり、強盗や通り魔、傷害事件などは、夜間の方に圧倒的に集中している。それだけに、当番勤務の日は、出動回数も多く、気が抜けない。それでは日勤の日は気楽に過ごせるかと言えば、昼間から出動しなければならないときには、変死体が発見されたとか、子どもが見あたらなくなったとか、思わずひやりとするような事案も少なくなかったから、要するに、いつもそれなりに緊張を強いられているということだ。

「今日は、暇だな」

午前十一時を回った頃、この分駐所に所属する三チームを束ねている大下係長が、のんびりとした声を出した。貴子たちを率いている芳賀《はが》主任が、爪《つめ》を切りながら、のんびりとした声で「そうですねえ」と答える。それに呼応するように、将棋盤を挟んでいた八十田《やそだ》と富田の両刑事が「ありがたいことです」などと、呑気《のんき》な受け答えをした。

「こういうときこそ、勉強でもすりゃあ、いいんだろうがな」

「やめて下さいよ、滅多にやらないことをしようとすると、お呼びがかかるに決まってるんですから」

大下係長は警部、芳賀主任は警部補、八十田と富田は、共に巡査部長だった。未《いま》だに巡査の貴子は、チームの中でも、もっとも下っ端《したっぱ》ということになる。だが、貴子はこのチームを案外気に入っていた。打ち解けるまでには、それなりの時間がかかったものの、一年半以上も共に過ごすうちに、彼らは少しずつ、貴子のことを異性として意識せずに、自然に扱ってくれるようになり始めていた。

「昨日が、朝までキツかったんすから、本当は今日が休みだったら、よかったっすよね」

八十田が、何となく寝惚《ねぼ》けたような顔を上げた。出動の際には、常に貴子とペアを組むことになっている巡査部長は、貴子よりも三歳年下の二十九だった。本人は「育ち盛りで」などと言っているが、事実、つい二、三年ほど前までは、本当に身長が伸び続けていたという話で、現在は一メートル九十センチを越えているという、やたらと長身の刑事だった。普段はおっとりとしていて、人なつこい性格なのだが、ひとたび頭に血が上ると、収拾がつかなくなるところがある。怒った挙げ句に、少しでも悪い酒の飲み方をしたりすれば、普段は八の字を描いている太い眉もつり上がって、大きいだけに、手がつけられなくなるのだ。そんなとき、貴子はただ恐ろしいばかりで、我ながら情けないとは思いながらも、他の仲間の陰に隠れざるを得なかった。

「おっちゃんも、キツかったんじゃないの、今朝」

その彼に、にやりと笑いながら話しかけられて、貴子はわずかに眉を動かしながら「平気よ」と答えた。「おっちゃん」という、あまりにも有り難くない呼び名が、このチームでの貴子のニックネームだった。以前の職場では、「お貴さん」とか「音ちゃん」

などと呼ばれていたのだが、呼び名だけでも、男みたいな方が気楽だろうと、おかしな気の回し方をされて、結局、アクセントだけは「お」にくるものの、知らない人が聞いたら驚くような呼び名で落ち着いてしまった。

「それにしちゃあ、今朝は珍しくぎりぎりだったじゃないか」

八十田に代わって、今度は富田が顔を上げる。貴子よりもひとつ年上の彼は、幼い頃からの柔道が祟《たた》ってか、今ひとつ上には伸びきれなかったようで、全体に四角い、岩石のような印象を与える男だった。たった一歳しか違わないというのに、貴子は、富田が年寄り臭く思われて仕方がない。それが、この仕事のせいなのか、それとも早くに結婚して、子沢山のせいなのかは分からないが。

「そうだよな、おれ、おっちゃんがダッシュで走ってるところなんて、初めて見たもんな」

八十田が愉快そうに、大きな上体を揺らしながら笑っている。貴子は、自分も一応は笑いながら、「まだまだ、捨てたもんじゃないでしょう」と答えた。その間に、爪を切り終えたらしい芳賀主任が、大きな声を出しながら欠伸《あくび》をした。

「ダッシュねえ。そんな元気があるのかい」

「――え？」

「俺は、今日はまた、妙に浮かない顔をしてると思ってたんだがね」

貴子は曖昧《あいまい》に微笑《ほほえ》んだまま「そうですか」と答えた。実際、今朝のことが、どうにも引っかかっているのは確かだった。だが、職場の人たちは、決して自分たちから「どうした」とは聞いてこない。貴子の悩みなどは、自分たちにはどうすることもできない類《たぐい》のものばかりに違いないと、彼らは最初から決めてかかっているところがあった。

――誰かが拾った？　でも、他のゴミと一緒に出したはずなのに。

違法駐車を取り締まって欲しいとか、交通事故が発生したなどという一一〇番通報が圧倒的に多い日中は、無線連絡も、貴子たちには関係のないものが大半を占める。そういうやりとりをぼんやりと聞いていると、本当に眠気が襲ってくることがある。

――拾って、わざわざテープで貼り合わせたの？　何のために。

日勤の日は、朝の八時半から午後五時十五分までが勤務時間と決まっているが、土日とは無縁の、独自のカレンダーに従って動いている貴子たちは、この日勤の日を休みに割り当てることが多かった。それだけに、時として日勤の日が出勤になると、妙に損をしたような気分になる。その上、八十田が言っていた通り、一昨日の夜中から昨日の朝方にかけては、深夜に帰宅途中の女性を狙《ねら》ったひったくり事件が発生した。ミニバイクで逃走した容疑者を追って貴子たちは一晩中、立川、国立、国分寺界隈《かいわい》を走り回っていたから、たとえ昼過ぎには帰宅して休むことが出来たとはいえ、半日程度では、疲れのすべてを拭《ぬぐ》い取ることは難しかった。

——あの葉書を捨てたのは、先週の何曜日だったろうか。

「ゴミは収集日の午前九時までに」という決まりを承知していながら、毎朝決まった時間に出勤するわけではない貴子は、翌日が当番勤務や休日で、多少寝坊が出来ると思うと、前日の夜更《よふ》けにゴミを出すことも珍しくはなかった。それに、貴子の住むマンションは商店街からも近く、アパートなどが建て込んでいるせいもあって、ゴミの出し方については、さほど口うるさくも言われない。少なくとも、きちんと分別を行って、炭酸カルシウム入りの半透明の袋を使ってゴミを捨てている以上、誰かから文句を言われるという心配は、まずないはずだった。

——それなのに、どうして私のゴミを開けてみる必要があったんだろうか。

何とも気味の悪い話だと思う。くしゃくしゃに丸めて捨てたものが出てきただけでも、相当に嫌な感じがするはずなのに、細かくちぎった瞬間、同時に自分の意識からも捨て去ったはずのものが、見知らぬ誰かの手によって再生され、改めて戻ってくるなんて。

その時、「至急、至急」という声が聞こえてきた。咄嗟《とっさ》に考えを中断させて、貴子は無線に耳を澄ませた。

【——立川市砂川町八丁目四二番地、小池方において、屋内強盗事件発生の模様。ただいまマル害から一一〇番通報あり。マル被は、中年の男一名、刃物の他に拳銃《けんじゅう》のようなものを所持しており、現金を強奪された模様——】

そこまで聞いたとき、貴子たち一人一人も持っている、方面系無線受令機のセレコールが鳴った。それを合図のように、貴子たちは一斉に立ち上がった。強盗事件の場合は、緊急配備が布《し》かれることは、まず間違いない。逃走犯をいち早く逮捕できるかどうかは初動捜査にかかっているからだ。

「昼の日中《ひなか》から、よくやるな」

一緒に車に乗り込んだ八十田の台詞《せりふ》を聞きながら、貴子は車載系リモコンのスイッチを入れ、覆面パトカーの天井に赤色灯を載せた。

3

民家に押し入った強盗事件の被疑者は、緊急配備が布かれている間に、現場付近をうろついているところを逮捕された。ほっとしている間もなく、午後からは、公園内で刃物を振り回している男がいるという通報が入り、さらに、母親がパチンコをしている間に幼児がいなくなったという通報が続いて、結局、どちらも大きな事件には発展しなかったものの、その日は夕方まで、余計なことを考えている余裕はなくなった。

「軽く、飲んでいかないか」

今日の当番勤務になっている他のチームに仕事を引き継ぎ、ようやく帰り支度をしていると、主任が声をかけてきた。

「買い物をして帰りたいんです」

「今日、買わなきゃならないもんかい」

貴子は、にっこりと微笑みながら頷《うなず》いた。

「分からねえよなあ、女って、どうして仕事の帰りに買い物したいなんて思うんだろうね」

八十田が不思議そうな顔をして、何をそんなに欲しいのだろうかと言った。

「買い物なら、休みの日にのんびりすりゃあ、いいのに」

「のんびりしてる場合じゃなくて、急いで買わなきゃならないものも、あるんです」

貴子が答えると、彼は太い八の字眉《まゆ》を動かしながら、つまらなそうに「ふうん」と言う。彼らが、ごく自然に貴子を誘い、貴子が参加しない飲み会を物足りなく感じてくれるようになったのは、ついこの半年くらいのことだと思う。それは嬉《うれ》しいことだったが、本音を言えば、貴子は特に彼らと飲みたいとは思っていない。

貴子の職場の仲間たちは、飲みに行くといえば、店主が同郷だとか先輩の紹介だからという理由で店を決めてしまうことが多い。そういう場所なら、客の大半は同業者で、気兼ねなく飲んで騒げるのは確かなのだが、結局は先輩後輩の話から仕事の話になり、時には顔見知りに会って、余計に窮屈な話をしなければならなかったり、挙げ句の果てには店の人にまで、妙に馴《な》れ馴《な》れしい口を利《き》かれることが多かった。その上、やはり貴子は目立つらしい。いくら飲んでも、男のように乱れるわけにもいかず、もともと、飲んで騒ぎたいタイプでもない貴子を、チームの仲間は普通に扱ってくれても、他の人たちは奇異な目で見る。意識していないつもりでも、何となく気詰まりになることには変わりはなかった。

ストッキングとハンカチ、それに小さなピアスを衝動買いして、少し街をぶらぶらした後、だが、貴子は結局、立川駅の傍《そば》で食事を済ませてしまうことにした。空腹だったし、これから夕食の材料を買って自宅に戻り、一人で用意するつもりには、とてもなれなかったからだ。

「今日あたり、来るんじゃないかって話してたんですよ」

その店は、「洋風居酒屋」という看板が出ているが、定食もあればパスタもあり、何よりも、女性が一人で入れる雰囲気なのが有り難かった。半年ほど前に偶然に見つけて以来、貴子はこの「コーン・シュガー」という店が気に入っていた。

「野菜が食べたいんだけど」

「お姉さんは、いつも同じことを言うね」

この半年の間に、すっかり顔馴染《なじ》みになっているアルバイトの青年が、にっこりと笑いながら、それでは温野菜のサラダはどうかと言った。貴子は小さく頷き、とりあえず、そのサラダとグラスワインを注文した。

「あとで、パスタも頼むわね」

「今日もペペロンチーノ？」

カウンターとテーブルで三十人程入れると思われる店には、貴子の他にも、一人で食事に来ている女性がいた。小さなテーブルに向かい、ときには本を広げながら、黙々と料理を口に運ぶ彼女たちを眺めていると、貴子は、わずかに安心することが出来た。一人でとる食事だって、別に惨《みじ》めなものではない、むしろ、こうして誰にも気兼ねせず、密《ひそ》かに休息出来る空間を持てることが、大人の証拠のような気がしてくる。そして、職業も関係なく、普通の客の一人でいられることが嬉しかった。

——それにしても。

サラダが運ばれてきたところで、再び今朝の出来事が思い出された。貴子は、バッグから例の葉書を取り出して、改めて眺めた。

——御丁寧に、まあ。

粉々とまでは言わないまでも、葉書は二枚や四枚にではなく、もう少し細かくちぎられているのだ。そして、他のゴミと一緒に捨てた。あの時、ゴミ箱には他に何が捨てられていただろうか。貴子は、ブロッコリーの小さな株を口に放り込みながら考えた。だが、ゴミのことなど覚えていられるはずがない。捨てられるものは、手から離した瞬間に、記憶の片隅にもなくなってしまうのだ。

——人も？

ふと、思い出したくないことまで思い出しそうになって、貴子は慌《あわ》ててワイングラスに手を伸ばした。やがて、パスタが運ばれてくる。

「お姉さん、今日は何となく難しい顔してるね」

アルバイトの青年は、今時の子らしく、茶色い髪をさらりと流して、片方の耳にピアスをしていた。エプロンの正面についている大きめのポケットに両手を入れた格好で、細面の顔に、人なつこそうな笑みを浮かべて、彼は、貴子が「そう？」と言うのを微笑みながら見ている。

「腹いっぱい食べて、元気だしてよ」

それだけ言うと、彼は離れていった。貴子は、フォークに手を伸ばしながら、自分も微笑んでいることに気付いた。一人が平気でも、誰かと簡単な会話を交わすのは、それなりに嬉しいものだった。

満腹になって、あとは電車の中で居眠りをし、ようやく永福町まで帰り着く。商店街を抜ける頃には辺りに人気もなくなり、マンションの手前で米屋にさしかかると、貴子は自然に身構える気持ちになった。夜更けに待ち伏せでもされているのはたまらないと思ったのだが、米屋は既にシャッターも下ろして、ひっそりと静まり返っていた。貴子は密かに胸を撫《な》で下ろし、今度は日中では考えられないほど不しつけに、じろじろと米屋の店構えを観察しながら、店の前を通り過ぎた。

家に帰ってから、貴子は再び舞い戻ってきた葉書を、今度はハサミで細かく切った。明日はゴミの収集日だ。浴槽《よくそう》に湯を満たしている間に冷蔵庫を覗《のぞ》き込んで、賞味期限の過ぎている豆腐や牛乳、不気味な程にカビも生えないから、いつ買ったかも覚えていないが、とにかくずい分長い間、入れっ放しにしてあったレモンなどを取り出して、今度こそ細かく切り刻まれた葉書と共に、生ゴミの袋に入れる。さらに、和室の方のゴミ箱からも袋を取り出し、洗剤の空き箱などと一緒に、大きなゴミ袋に入れる。風呂《ふろ》に入る前に、面倒なことは済ませてしまおうと思って、貴子はそのままゴミを出しにいった。集積所には、既にいくつかのゴミ袋が積み上げられていた。

――それにしても、誰があんなこと。

風呂に入りながら、貴子は改めて考え始めた。あの葉書をつなぎ合わせるためには、他のゴミもすべてひっくり返さなければならなかったはずだ。つまり、どこの誰かは分からないが、貴子の出したゴミのひとつひとつを袋から取り出して眺めた者がいるということになる。そう考えると、何とも気味が悪くなってきた。

風呂から上がり、しばらくは缶ビールを飲みながら、ベッドに寄りかかって、ぼんやりとテレビなどを見ていたが、やはりゴミのことが気にかかる。見知らぬ誰かが、自分の出したゴミを漁《あさ》っている姿を想像すると、どうにも落ち着かない気分になった。結局、貴子はパジャマを脱いでジーパンとトレーナーを着込み、素足にスニーカーをひっかけて、もう一度外に出た。朝を待たずに出したゴミを、やはり取り戻そうと思ったからだ。ついでにコンビニエンス・ストアーにでも寄ろうと思って、財布を片手にマンションから出る。途端に、秋の虫の音が足もとから無数に上ってきた。こんな恰好《かっこう》で歩くには、そろそろ肌寒い季節になろうとしていた。

ゴミの集積所は、マンションと隣の米屋の間にある。ぼんやりとした街灯の明かりが、そのあたりを照らしていた。

——ない。

とりあえず、自分の出したゴミを見つけ出しておいた上でコンビニに行くつもりだったのに、立ち止まっていくら眺めても、貴子の出したゴミ袋は見あたらなかった。半透明の袋を通して、洗剤の空き箱と、今日の買い物でもらった紙袋の柄が見えるはずなのに、それがないのだ。貴子は、両頬のあたりがぞくぞくするのを感じながら、既に十個以上は集まっているゴミ袋を改めて一つずつ調べ始めた。

——どういうこと？

汚れるのは覚悟で、見知らぬ人の出したゴミ袋を摑《つか》み、横に置く。すると、下から生ゴミの袋が顔を出した。丸ごとの豆腐に丸ごとのレモン、間違いなく、貴子の冷蔵庫におさまっていた生ゴミだ。さらに、洗濯用洗剤の赤い空き箱も単独で落ちていて、貴子は、今度こそ顔から血の気が引くのを感じた。誰かが、貴子のゴミを拾ったのだ。しかも、生ゴミや空き箱は取り除いて、「必要な」ものだけ拾っていった――。

ふいに、誰かに見られている気がして、貴子は慌てて背筋を伸ばし、周囲を見回した。駅からさほど離れていないこの辺りは、住宅地とはいっても、それ程静まり返っているような場所ではない。米屋の先を少し行ったところには広い通りがあるし、その道は、相当な夜更けまで人通りが絶えないのだ。この道にしても、街灯の数は少なくないから、全くの闇《やみ》に包まれるということはない。それなのに、こんな時間から貴子のゴミを拾っていった者がいるのだ。

――誰が？　何のために？

急に心臓が高鳴ってきた。むき出しの財布を握って、呑気《のんき》に買い物になど行っている場合ではない。貴子は、もう一度周囲を見回した後、足早にマンションに戻ってしまった。頭の中では、何者かの手に渡ってしまった貴子のゴミが渦巻いている。ダイレクトメールやレシートもあったはずだし、カップ麺《めん》の上ブタ、今朝捨てたストッキングだって混ざっているのだ。口紅をおさえたティッシュ、ブラシに付いた髪の毛、あれこれと予定を書きこんであった先月のカレンダー、頼みもしないのに、毎日のようにポストに投げ入れられている出張マッサージや裏ビデオの宅配チラシ――。

——いつから、拾ってたの。どうして私に目をつけたんだろう。

エレベーターで五階に上がる間にも、ますます心臓が高鳴り、頭が混乱しそうになる。もちろん、普段から給料明細や警視庁の名が入っている印刷物などに対しては、そのままゴミ箱に放り込むような真似《まね》はせず、それなりに気を配る習慣がついているが、それでも、相手はちぎった葉書でさえ貼《は》り合わせるような真似をしたではないか。

——誰かが、私のことを知っている。私の捨てた全《すべ》てから、私の情報を拾ってるんだ。

考えれば考えるほど、薄気味が悪く、それはすぐに明確な恐怖につながった。生理用品や下着を捨てることもある。化粧品の箱や説明書、靴ずれ防止のバンドエイドや、足の疲れをとるために貼るトクホンの類——日常のゴミなどというものは、何《い》れも気恥ずかしいものに決まっているのだ。不要だからこそ捨てられる、それは日々の生活の中で洗い流されていく垢《あか》と同じことだ。それを、わざわざ拾う人間がいるなんて、普通の感覚では到底考えられることではなかった。

いても立ってもいられない気分で、それでも、誰に相談すれば良いのか、どうすれば気が紛れるかも分からないまま、その晩の貴子はいつになく、狭いマンションを広く感じなければならなかった。

翌日、貴子は出勤前に米屋に寄ってみた。奥から出てきた米屋の女房は、貴子を見るなり「あら」という表情になり、いかにも気まずそうな表情で顎《あご》をしゃくるようにお辞儀をする。

「昨日の葉書のことを、もう一度うかがいたいんですが」

口調も顔つきも、仕事用のものになっているのが自分でも分かる。米屋は、咄嗟《とっさ》に身構える表情になった。

「あれは、本当に拾ったんです。先週の半ばくらいに、朝、店の前を掃除しようと思ったら、落ちてたんですってば」

「でも、私はあれを細かくちぎって、他のゴミと一緒にひとまとめにして捨てたんです。それが、どうしてあれだけ、落ちてたんでしょう」

「そんなこと、私に聞かれたって——」

「誰かが、私の出したゴミを拾って、中身を出したとしか考えられないんです」

実は、昨夜もゴミを持ち去られたのだと言うと、米屋の女房は本当に慌てた表情になった。

「うちは、知りませんよ。そんな、人様の出したゴミなんか、漁ったりしませんて。いえ、うちの息子たちだって、そんな真似はしやしませんから」

貴子はそこでわずかに表情を和らげた。何も、米屋を疑っているわけではない、ただ、心当たりはないか聞きたいだけなのだ。

「夜更《よふ》けにうろついてる人とか、たとえばゴミ置場の前を行ったり来たりしている人なんか、見かけたことはありませんか」

貴子に聞かれて、米屋はようやく落ち着きを取り戻した表情になり、「そうねえ」と言いながら頬の辺りに手を添える。

「うちも、店を閉めちゃえば、こっちの方は分かりませんからねえ。多少の物音がしたって、分からないくらいだから」

それから彼女は少し考えて、「刑事さん」と言った。家の近所で、そういう呼び方をされることに、やはり抵抗を感じる。

「そっちのことで、お力になれたら、昨日のお話、何とかしていただけます？」

貴子は、心の底からうんざりしながら、改めて米屋を見た。

「私は刑事ですから、交通関係のことは、どうすることもできないんです。もう少し偉い人なら、そういう力も持ってるかも知れませんが、本来は不正ですし、私はまだ下っ端《したっぱ》ですから」

本当は、かつての知り合いに借りを作りたくないのが一番の理由だった。人身事故を起こしたわけでもなく、単にスピード違反で捕まったという程度ならば、知り合いを手繰っていけば、免停を免れることくらいは出来ないこともないと思う。発覚すれば面倒なことになることを百も承知の上で、そういう便宜を図ってやることで、周囲の人間関係を円滑にすすめている警察官だって少なくはないとも聞いている。だが、たとえ発覚しなくとも、そんなことをすれば、必ず誰かに借りを作ることになり、その借りを何らかの形で返さなければならないことになる。この仕事を失いたくないばかりでなく、そういう人間関係が、貴子は嫌なのだ。大体、良識のある人間ならば、相手が警察官だからといって、そういうことに利用しようとは思わないはずだと貴子は信じている。

「駄目ですかねえ」

米屋の女房は、いかにも恨めしげな表情で未練たらしく呟《つぶや》くと、深々とため息をついた。「すみません」と頭を下げながら、貴子は、どうしてこんなことで自分が詫《わ》びを入れなければならないのだろうかと思っていた。

4

数日間考えた挙げ句、誰かにゴミを漁られているらしいということを、貴子は思い切って芳賀主任に報告した。

「おかしな趣味の野郎がいるからな」

主任は、眉《まゆ》をひそめて貴子の話を聞いていたが、とりあえずは貴子の住む地域の所轄《しょかつ》署に連絡を入れてくれた。夜間の巡回パトロールなどの際に、多少の注意を払ってもらえれば、それだけでも安心できる。

「とにかく、見られて困るようなものは、注意して捨てるより他にないだろう」

いわれるまでもなく、最近の貴子は、とにかく個人のプライバシーに関わるようなゴミは、極力細かく刻んで捨てるようになっていた。郵便物の類《たぐい》も、古くなった下着やストッキングも、全てをハサミで切り刻む。拾う方の立場に立って考えれば、どの類のゴミも、ひとまとめにして捨てられているのが、もっとも拾いやすいと思うから、わざと生ゴミなどと混ぜて、直《じか》に触りたくないような状態にするようにもなった。

「だからって、別に強請《ゆす》ってきたりはしてねえんだろう？　『あんたのパンツを持ってるんだぞ』とか」

主任から話を聞いたらしい他の仲間は、わずかに茶化すような表情で聞いてくる。貴子は、「今のところは」と答えながらも、何とも恥ずかしい気分を味わっていた。確かに、そういう可能性もある。捨てるくらいだから古びているに決まっている下着の類が、見知らぬ第三者に拾われているかも知れない。その様子を考えると、いてもたってもいられない。

だが、一週間が過ぎ、十日が過ぎても、貴子の周辺にこれといった問題は起こらなかった。唯一《ゆいいつ》、変わったことがあるといえば、出勤の際や、それこそゴミを出すときなどに、例の米屋の女房と顔を合わせて、互いに何となく気まずい表情で軽く挨拶《あいさつ》を交わすようになったくらいのものだ。それでも、日がたつに連れて、貴子の恐怖心も徐々にやわらいできた。

そんな頃、貴子たちの受け持っている地域で、奇妙な「迷子事件」が多発しているという噂《うわさ》が流れてきた。三歳から五歳の女児が、母親が目を離した隙《すき》に、数時間だけ行方が分からなくなるというものだ。その都度、保護者からは一一〇番通報があったり、交番に連絡が入ったりしたが、数時間後には子どもは無事に保護されており、暴行を受けたような形跡もない。幼児たちはいずれも「お兄ちゃんに遊んでもらった」というような証言をするものの、脅迫電話などもかかって来ていないことから、事件性については確証を摑めないという。つまり、とりあえずは警戒する必要はあるだろうが、捜査活動には発展しないということだ。

「これまでに五件くらい、起こってるらしい。国立署の刑事課長なんか、結構ピリピリしてるって話だぞ」

噂を仕入れてきたのは、芳賀主任だった。

「『何か、嫌な感じがする』って、しきりと言ってたそうだ」

「確かに、そんなに迷子が続くっていうのは、嫌な感じですよね」

「誰かに連れ去られてることは、間違いないんでしょう？」

八十田や富田も、何となく浮かない表情になっている。

誘拐は、被害者の生命にかかわる重大事件だ。こういう事件の場合は、警察内部の全ての連絡は無線ではなく電話で行われ、犯人にこちらの動きを気取られないようにするために、最小限度の関係者だけが極秘裏に動くことになる。つまり、機捜が覆面パトカーのサイレンを鳴らしながら現場に急行するような事件ではなかった。

「身代金《みのしろきん》目的じゃないにしても、小さい女の子だけっていうところが、やっぱり引っかかりますよね」

貴子が言うと、主任は頷《うなず》きながら「ロリコン野郎が、おもちゃにしようとしてるのかも知れないしな」と答えた。

「ガイシャはほんの子どもだから、話を聞こうにも、どうにも要領を得ないらしいんだが、とにかく、誰かが連れ回してることは確からしいし、一応は心に留めておいた方が、いいだろう」

芳賀主任は、髭《ひげ》の剃《そ》り残しでも探すように、顎をさすりながら言った。貴子は、薄皮一枚隔てただけの世界で、またもや不気味な何かが蠢《うごめ》いている気がして、薄ら寒い感覚を覚えていた。

それでも、基本的には日々は淡々と過ぎていた。毎日、何かしらの事件は起きるし、その都度、貴子たちは追いまくられるようにして犯罪と関わっているが、それが日常になってしまえば、特別な出来事というわけでもなくなってくる。この数カ月は、本部事件に発展するほどの大きなヤマもなく、貴子は、週に一度は休みを利用してツーリングにも出かけていたし、月に一度くらいは、埼玉の実家にも顔を出すように心掛けていた。

「また何か、危ないことをしてるんじゃないでしょうね」

実家に帰る度に、母は口癖になっていることを言う。その日も、水炊《みずた》きを囲みながら父と三人で食事をしていると、貴子は同じことを言われた。二人の妹は、一人は残業、もう一人は友だちと食事をしてくるという話だった。せっかく貴子も交えて鍋《なべ》をやろうという日に、妹が二人とも帰ってこないことを、さっきまで母はぶつぶつと怒っていた。

「大丈夫、大丈夫。危ないことなんか、してないわよ」

貴子がいかにも気楽そうに答えても、母は疑わしそうな表情で、ちらちらとこちらを見るばかりだ。

「独りで住んでるからって、食事でも何でも、好《い》い加減に済ませてるんじゃないの？」

「まあ、多少は手抜きにはなるけど。それなりに、やってるわよ」

「早く、異動になってくれればいいのにねえ。もう少し、安心できるところに」

貴子は、わずかに苦笑しながら、箸《はし》を動かしていた。泊まりの日以外は、一人で食事をとることの多い貴子にとっては、こういう賑《にぎ》やかさも新鮮だった。

――そう、たまにはね。

母と話している間中、父はほとんど口を挟んでこずに、一人でテレビの方を向いている。外で飲む機会が多い父は、家にいるときは、晩酌《ばんしゃく》もしないらしかった。何となく物足りなそうなその横顔を見ていると、貴子は、父も老《ふ》けたと思う。

「お父さん、定年になったら、どうするの？」

「──ああ？　まだ、考えてないさ」

「もう何年もないんだから、少しずつ考えておいた方が、いいんじゃない？」

貴子に言われて、父はようやくテレビから目を離し、口をへの字に曲げたままで「ああ」と答える。

三人の娘は、一人は離婚して、残りは独身のままだから、父としても、まだまだ頑張らなければならないと思っているのだろうが、普段から言葉の少ない父が、少しずつ老いに向かっているのを感じるのは、淋《さび》しいものだった。

「まあ、お父さんみたいなタイプは、ずっと働いてた方がいいのかもね。仕事しなくなったら気が抜けて、あっという間に惚《ぼ》けちゃうかも知れないし」

父は、今度はわずかに眉毛を動かしただけだった。無口で物静かな、娘の目から見ても味気ない人生を歩んでいるように見える父だった。

結局、貴子が家を出るまでに、二人の妹はどちらも帰ってこなかった。だが、今年で三十歳と二十七歳になった娘に、そう口やかましく文句を言うこともできないのかも知れない。母は半ば諦《あきら》めた表情で「いつものことよ」と言うだけだった。

「いちばん上のお姉ちゃんが、いつまでもそんな格好してるんだもの、妹たちがおとなしくしてるはずが、ないじゃない」

愛車のXJR1200にまたがると、見送りに出てきた母は、「気をつけなさいよ」を繰り返しながら、ため息混じりに言った。

「少しは、ゆっくりしていかれればいいのに」

「しょうがないわよ、明日も仕事だもの」

「仕事、仕事って。男の人じゃないんだから」

ヘルメットのシールドを開けて、目元だけで微笑《ほほえ》んで見せて、貴子は浦和の家を後にした。貴子が結婚した後で建てた家には、客間はあっても貴子の部屋は最初からなかった。たとえ泊まれる状況だったとしても、貴子には、自分専用の居場所もなく、落ち着かないことは確かなのだ。

——結局、あの狭いマンションが、私の居場所になっちゃった。

風を切って走りながら、何となく侘《わ》びしい気持ちにもなる。だが、別に諦めているわけではなかった。離婚した当初は、男なんか懲《こ》り懲《ご》りだと思っていたが、月日がたつに連れて少しずつ、自分にだってまたチャンスが訪れても良いはずだと思うようになった。もちろん、そう簡単に結婚するつもりにはなれないにしても、いい付き合いをしたいと思う。むしろ、下手にゴールを決めない分、以前よりも気楽に、楽しい恋愛が出来そうな気だってし始めていた。問題は、この忙しい毎日で、いつそういうチャンスに巡り会えるかだ。それも、以前よりも格段に点が辛くなっているはずの貴子の眼鏡にかなうような相手に。

――まあ、独りだって悪くはないけど。それなりに気楽で、呑気《のんき》なもので。

心に波風が立たないことを、最近の貴子はようやく静かに楽しむことが出来るようになってきた。このところの秋の日和《ひより》のように、穏やかで乾いている、そういう孤独も、悪いものではない。

高速を使わずに走ってきたから、杉並に戻ってきたのは、午前零時を回った頃だった。少しずつマンションに近付いてくると、貴子はオートバイのスロットルを戻し気味にして、出来るだけ静かに住宅地を走り抜けた。次の角を曲がれば、マンションが見えてくるというところまで来たときだった。一人の男が目に留まった。ジーパンに黒っぽいブルゾンを着て、片手にコンビニの袋、片手に大きな紙袋を提げている。一見して二十代くらいに見える男は、特に印象に残るような雰囲気でもなかった。それでも、貴子は奇妙な違和感を感じて、徐々に距離を縮めながら男を観察した。

――手袋。

男は、夜目にも目立つ白い手袋をしているのだ。それとも、包帯だろうか、両手に？　貴子は、ヘルメットの中から男を観察し続けた。どこかで見たことのあるような顔だと思う。咄嗟《とっさ》に、手配中のあらゆる容疑者の顔を思い浮かべてみたが、それらの中には含まれていないようだ。では、どこで見たことがあるのだろうかと思ううちに、貴子のオートバイは男とすれ違ってしまった。バックミラーに、小さくなっていく男の後ろ姿が映し出される。

——特に不審者だったわけでもない。

結局、そう思うことにして、貴子はそのままマンションの隣にある駐車場に向かった。エンジンが冷えたらカバーをかけに戻ってくるつもりで、オートバイから離れて歩き始めた時、どこかから「あの人、あの人」という声がした。ヘルメットのままで振り返ると、見知らぬ中年の女性が二人で、小走りに近付いてくるところだった。

「音道さんて、お宅ですよね？」

「警察の方なんでしょう？」

いきなり話しかけられて、貴子は再び身構える気分にならなければならなかった。きっと、米屋が話したのだ。お喋《しゃべ》り。内心で舌打ちをしながら「そうですが」と答えながら、ゆっくりとヘルメットを外す。その間、二人の主婦らしい女性は、いかにももどかしげな表情でこちらを見つめている。

「ご相談したいことがあって」

相談事ならば、近くの交番に行ってくれれば良いのにと思う。だが、ここですげない態度を取ると、「警察は市民の力にはならないのか」などと投書でもされかねないと思うから、結局、そう冷たくも出来なかった。

「——何か、ありましたか」

「うちのゴミがね、誰かに盗まれたんです」

「うちのも」

同時に言われて、貴子は目をみはった。

「お宅のゴミも、やられたんですって？」

「ねえ、こういうのって、犯罪になるんでしょう？」

反射的に、さっきの若者が思い浮かんだ。何の根拠もないことだが、白い手袋だけが、妙に印象に残っているのだ。

「捨てたものですから、いいって言えば、いいんですけど、やっぱり気味が悪いじゃないですか、ねえ」

「うち、高校生の娘がいるんです。娘の下着なんかも、ゴミに混ざってたんですよね。こういうのって、そのうち痴漢とか、他の犯罪に発展したり、しないんですか？」

矢継ぎ早に質問されて、貴子はいよいよ頭が混乱しそうになっていた。とにかく、あの男の顔を思い出さなければならないと思いながら、貴子はヘルメットを小脇《こわき》に抱えたままの格好で、それから三十分近くも、近所の主婦の相手をしなければならなかった。

一人に戻った時、ＸＪＲ１２００のエンジンはもう十分に冷えつつあった。

5

翌日は当番勤務の日だったから、午後から出勤して昨夜の出来事を話すと、芳賀主任は即座に所轄署に話を入れておくと言ってくれた。

「だが、まあ、ゴミを拾われたっていうだけじゃ、どうってこともないだろうが」

「ゴミハンターっていうのが、いるそうですよ」

「ああ、聞いたことあるよ。金のかからない趣味だって、楽しんでる奴《やつ》な」

八十田と富田が会話に加わる。刑事たちの会話は常にオープンだ。誰もが遠慮なしに、いくらでも人の話に口を出す。何でも、夜更《よふ》けの街を徘徊《はいかい》して、これはと思うゴミを拾い歩き、電化製品や家具の類《たぐい》はもちろん、雑誌やビデオテープを始めとして、女性の下着や写真、病院の診察券から日記などまで収拾することを、ある種の趣味にしている人たちがいるという彼らの話を、貴子は眉《まゆ》をひそめ、驚きながら聞いていた。

「結構、掘り出し物があったりするらしいんだな。集める奴の趣味によって、何を掘り出し物だと思うかは、それぞれ違うんだろうけど」

「ブルセラおたくより、気持ち悪いですよね」

「ターゲットを決めてゴミを集め続けると、そいつの暮らしぶりから交友関係まで、相当のことが分かるらしいよ。勤め先、出身地、血液型、給料から借金まで」

「住所や電話番号なんて初歩的なデータってとこですかね」

貴子は、思わず顔をしかめてため息をついた。

「嫌だなあ、私、いつからゴミを拾われてたのかしら」

思わず呟《つぶや》くと、彼らはにやにやと笑いながら「さあなあ」などと言う。

「いつからかは別にしても、おっちゃんの場合は、かなりな野郎に目ぇつけられてるんじゃないか？　何しろ、破り捨てた葉書まで、つなぎ合わされてたくらいなんだから、相手は絶対におっちゃんを知ってるし、相当な興味を持たれてるだろうな」

「美人刑事の赤裸々な私生活、か」

「やめてくださいよ、もう」

本気で怒ってみせると、彼らは一様に「ごめんごめん」と言いながら、それでも半ば愉快そうな顔をしていた。拾われて困るゴミは捨てるなと言われても、人間は生きている限りは、気恥ずかしいゴミを出し続けなければならない。不要だと思う、見たくないと思うから捨てるのに、それを拾う人間がいるなんて、容易に許せることではない。

「まあ、自分のゴミを全部他人に知られてると思ったら、そりゃあ、男だって恥ずかしいよな」

八十田がわずかに同情を示したとき「至急、至急」と無線から声が響いた。貴子たちは一斉に口をつぐみ、無線機の方を見た。
［十六時二十分、一一〇番により届出のあった迷子と思われる幼児を、車に乗せて立ち去った男がいるとの通報。225の可能性あり。直ちに待機車両を出向されたい］
225とは、警察無線通話で使用する「誘拐」の符丁だ。貴子たちは、一斉に立ち上がった。
［――なお、届出によれば、マル害は熊木あゆみ、三歳。クラブのく、マッチのま、切手のき――］
「ここんとこ続いてた、あれだな。ついに尻尾《しっぽ》を出しやがった」
パトカーに乗り込むと、八十田が普段とは異なる口調で言った。貴子も無線に耳を澄ませながら頷いていた。マル被は二十歳前後、立川駅傍《そば》のスーパーマーケットから女の子を連れ出し、黒い軽自動車に乗せて走り去ったという。現在の段階では、どういう経緯で通報がなされたのかは分からないが、とにかくその車は、北へ向かって走っているらしい。無線機では、所轄署《しょかつ》と交番、パトカーなどの間で、車種やナンバーなどの情報が忙しくやりとりされ、被疑者を発見した場合にも、子どもの安全を第一に考え、身柄を確保するまでは、下手に手出しをしないようにという指令が下った。
「その男が、これまでの迷子事件のホシなんだとしたら、子どもにはさほど危害は加えないんでしょうけどね」

貴子は、片手に無線のマイクを握りしめたまま、隣でハンドルを操作している八十田をちらちらと見た。さっきまで呑気な顔で笑っていた彼は、今は別人のように厳しい横顔を見せている。

「その手の野郎っていうのは、やることがエスカレートしていくじゃないか。それが、今度のマル害かも知れない」

「そんな子どもばかりを連れ出して、何をしようっていうんだか」

「変態野郎の考えてることなんか、分かるかよ。とにかく、相手はほとんど抵抗も出来ないような子どもなんだぞ」

　荒っぽくハンドルを操作しながら、八十田は吐き捨てるように言う。ことに子どもが巻き込まれる事件になると、八十田は俄然《がぜん》、燃え始めるのを貴子は知っている。

【至急、至急、マル害が乗っていると思われる車両を発見！　立川市柏町四丁目、芋窪《いもくぼ》街道を玉川上水駅に向かって北上中】

「よっしゃあ！」

　八十田の気合い十分なかけ声を合図のように、貴子は、握りしめていた送話器に向けて「機捜十六了解！」と返事をした。八十田が、ぐっとアクセルを踏み込んだ。

　サイレンが聞こえているはずなのに、なかなか路肩に寄ってくれない一般車両があると、八十田は「おらおらっ！」などと怒鳴り声を上げる。サイレンの音に無線機からの声、それに八十田の怒鳴り声に包まれながら、助手席にいる貴子は、ドアの上のグリップを握りしめ、車の前方に気を配る。

「畜生、どけって言ってんだよ！　とろとろすんなっ」

「八十田さん、冷静に、冷静に」

「分かってるって！　十分に冷静だ、俺は！」

貴子は、わずかに苦笑しながら、年下の刑事を見ていた。このままの勢いで被疑者の首根っこを摑《つか》みでもしたら、相手は半殺しの目にあうことだろう。彼と組んでいる限り、貴子は可能な限り八十田のブレーキ役に徹しなければならなかった。

やがて、芋窪街道が桜街道と交差する辺りで、貴子たちは探している車を見つけ出した。これまで入ってきた情報通りに、車の後ろには数枚のステッカーを貼《は》り、リアウィンドウからは、小さな縫いぐるみがたくさん並べられているのが見えている。

「マル被のものと思われる車両を発見しました！」

「機捜十五了解！　すぐに追い付く、それまで待て！」

無線機からは、芳賀主任の声がやはり破鐘《われがね》のように響いてきた。貴子が無線の送話ボタンを押して「機捜十六了解」と答えている間にも、八十田はまるでスピードを緩めようとせず、瞬《また》く間に黒い軽自動車に近付いて、ぴたりと横に並んだ。貴子が覗《のぞ》き込むと、その車には、確かに若い男と小さな女の子が乗っていた。助手席の幼い女の子は、通報通りの海老《えび》茶色《ちゃいろ》の服装で、膝《ひざ》の上には大きな縫いぐるみをのせて、こちらを指さしながら何か喋っている。

「あ、あれ――」

ハンドルを握っている若い男と目が合った瞬間、貴子は思わず声を上げてしまった。それは、間違いなく昨日の晩、白い手袋をはめて歩いていた、あの男だった。

「何だ、おっちゃんの知り合いかっ」

「知ってる――知ってるなんてもんじゃ、ないわ！」

貴子が大声を上げた直後、背後から別のサイレンの音が聞こえてきた。その音を合図のように、八十田はその車を追い抜いた。ルームミラーには、芳賀主任の車が、男の車の背後にぴたりとついたのが映っているはずだ。さらに、所轄署のパトカーのサイレンが迫ってくるのも耳に届いていることだろう。

「前の黒の軽自動車、止まりなさい！」

芳賀主任の声が響いた。八十田はしきりにルームミラーを覗き込みながら、ハンドルを握り続けている。

「端に寄って、ゆっくりと減速するんだ！」

黒い軽自動車は、案外素直にスピードを落とし、やがて、ゆっくりと道路の端に止まった。所轄署のパトカーがサイドを固める。貴子たちは、後ろの車が止まったことを確認した途端に、車から飛び出した。

「連れている子どもだけ、先に降ろすんだ！」

相手が拳銃《けんじゅう》やナイフなどを所持している可能性があるから、貴子たちは車の陰に隠れたまま、固唾《かたず》を呑《の》んで包囲した車を見つめていた。だが何分もたたないうちに、車のドアが開かれ、貴子たちの前に、縫いぐるみを抱いたままの小さな女の子が降ろされた。自分の身に何が起こったのか分からない様子の子どもは、車から降りても、どちらに向かって歩けば良いのか戸惑い、ただきょろきょろと辺りを見回している。

「行きますっ」

言うが早いか、貴子は車の陰から飛び出し、素早く女の子に駆け寄って、その子を抱き上げた。余程怯《おび》えているだろうかと思ったのだが、その子は「あゆみちゃん？」と呼びかけると、にっこりと笑いながら「うん」と頷《うなず》いた。貴子が幼女を抱いて車の陰に戻った途端に、他の連中が軽自動車に駆け寄って、若い男を引きずり出した。

「いたたた、痛いよ！」

情けない悲鳴を上げながら、両腕を抑えられている男を見て、貴子は改めて呆気《あっけ》にとられた。茶色い髪の下に、金の小さなピアスを光らせた、それは、あの「コーン・シュガー」のアルバイトの青年だった。道理で見覚えがあるはずだ。いつ立ち寄っても穏やかに微笑《ほほえ》んで貴子を「お姉さん」と呼ぶ若者が、今、腕を抑えられて困ったように「乱暴だな」などと口を尖《とが》らせている。

「お姉さんて、制服で仕事してるんじゃないんだね。がっかりだな」

取り押さえられたままで、青年は窮屈そうに首を巡らせ、貴子と目を合わせると残念そうな顔で言った。貴子は、「くまさん、もらったの」などと一人で喋っている子どもを抱きながら、背筋をぞくぞくとする感覚が這《は》い上がってくるのを感じた。

「――昨日の夜、あなた、永福町に行かなかった?」

貴子が聞くと、青年はアルバイト先では見せたこともない不敵な表情になり、口元に薄ら笑いを浮かべて、「知ってたの」と言った。貴子は、頭の中で何かが渦を巻きそうになるのを感じながら、それでもどうしても聞きたいことがあった。だが、芳賀主任が「話は後で」と言ったから、結局、所轄署の捜査員に両脇を固められ、パトカーに乗せられる彼を見送るしかなかった。

家宅捜索の結果、略取誘拐の容疑で緊急逮捕された青年の住むアパートからは、二、三歳から五、六歳の幼女を撮った写真が数百枚発見された。いずれの写真でも、幼女たちは服を身につけたままの姿から、少しずつ服を脱いでいき、最後には幼い裸体をさらしていた。唯一《ゆいいつ》、救われた思いがするのは、彼女たちがおもちゃに囲まれて、等しく上機嫌で写真に収まっていることで、そのことについて、被疑者の青年は「子どもの扱いは得意なので」と答えたという。

貴子が気に入っている店でアルバイト店員をしていた青年は、以前は子ども専門の写真スタジオに勤めていたという話で、それ以前の、高校を卒業してから二年間は写真の専門学校に通っていたという。彼は、ほんの数週間前に、二十一歳になったばかりだった。

「子どもが好きで、可愛《かわ》い子を見ると、その子の色々な表情を写真に撮りたいと思った。悪戯《いたずら》するつもりはなく、数時間だけ、借りているつもりだった」

取り調べに対して、最初のうち、青年はそう答えていたという。だが、その供述に対する信用度は、かなり低いと言わざるを得なかった。家宅捜索の折に、何よりも捜査員を驚かせたのは、幼女の写真と同時に発見された、山のような女性の下着やアダルトビデオなどだったからだ。幼女の裸体を好むことだけでも、単なるロリコン青年というには、少し度が過ぎているうえに、そのような物まで出てくると、被疑者の性に対する興味や執着は、相当に異常なものだと思わざるを得なくなる。更に、それらに混ざって、不特定多数とも言える女性の、手紙や日記、アルバムなどまでが、相当几帳面《きちょうめん》に分類、整理されていて、二間のアパートは、一部屋は子どもを誘うためのおもちゃの山、もう一部屋は、まさしく特殊な倉庫のような雰囲気になっていたという。それらの物については、青年は自分のコレクションだと主張したが、入手先を問いただされて、やがて、「すべて拾ったものです」と自白《ゲロ》した。

「最初のうちは、ゴミの写真を撮ろうと思って、夜更けに街をうろつくようになったんです。でも、よく見てみると、まだ使えそうな電化製品とか、真新しい雑誌なんかが捨てられていて、最初のうちは『もったいない』と思って、こっそり拾って帰ってくるようになりました」

アダルトビデオや古い雑誌も束になって捨てられていることがある。その都度、青年は大喜びで持ち帰った。だが、やがて引っ越しの際に出される文房具などのゴミの中から、元の持ち主の個人的な手紙や写真などを発見するようになって、彼の興味は一足飛びに、ゴミを捨てた人間に向いた。

「日記や手紙から、その人のことを知るのが面白いんです。みんな、結構大変な人生を送ってるんだなと思ったり、あんまり馬鹿馬鹿《ばかばか》しくて、こんなのが俺の女だったら、思いきりぶん殴ってやりたいと思うこともあります」

だが大抵の場合、青年は若い女性の捨てるゴミを見て、落胆することの方が多かった。写真が捨てられていることもあるし、近所のゴミの場合は、捨てた人間を見知っている場合もあるが、見かけはどんなに美しくても、そういう人の捨てるゴミから青年が感じ取るものは、決して美しくはなかったのだ。

「そのうち、自分が興味を持っている女のゴミを見てみたいと思うようになりました。どんなに気取ってたって、ゴミを見れば、その女のことなんかすぐに分かるんですから」

青年は、そう言ってにやにやと笑っていたという。事実、彼のコレクションともいえるゴミのファイルには、女性の姓名がはっきりと書かれているものも少なくなく、まるで押し花か何かのように、その女性の捨てた下着や小物、様々な領収書や郵便物の類《たぐい》が挟まれていた。その話を聞いて、貴子はほとんど悲鳴を上げそうになった。青年は、アルバイト先で貴子を見つけ、確かにゴミハントのターゲットにしていたと供述しているのだ。つまり、それらのファイルの中には、貴子の捨てたゴミも混ざっているということだった。

数カ月前に、青年は、「コーン・シュガー」に客としてやってきた貴子に目を付けた。その後、偶然に立川駅に向かう貴子を見かけて、永福町のマンションまで、後をつけてきたという。そして、貴子の出したゴミから、貴子の名前を知った。職業だけは分からなかったが、それも先日の葉書で分かったというのだ。例の葉書を貼り合わせ、持ち歩いていたのは間違いなく彼だった。それを、何かの拍子にうっかり米屋の前に落としてしまったらしい。

「ストッキングは、そんな珍しい出物じゃないですけど、あの人の場合は、一度、靴を捨ててあったのが、掘り出し物だったかな。古くて、カカトなんかもすり減ってました。中敷きだってね。俺は、あの人のストッキングを頭にかぶって、あの人の捨てた靴の匂《にお》いを嗅《か》ぎながら、あの人の捨てた歯ブラシで、歯を磨いたりしました。あんなきれいな顔してたって、靴なんか臭いしね、所詮《しょせん》はただの女ですよ」

青年は、半ば自慢げにそんなことまで供述したという。

「冗談じゃないですよ！」

その話を聞いたときには、貴子は真っ赤になって、今度こそ悲鳴に近い声を上げてしまった。自分でも忘れ果てているような物が、赤の他人に保管され、そんな異常な形で利用されていたと思っただけで、恥ずかしさと悔しさで、一発や二発殴ったくらいでは足りないくらいの怒りを覚える。第一、自分の意志で人のゴミを見て、勝手に女性不信に陥っておきながら、異常な執着だけは捨てきれず、その一方では、まだ穢《けが》れていないからと、幼女に興味の対象を移すなんて、何と自分勝手で独りよがりな理屈だろう。単なる性癖と言い切るには問題があり過ぎるではないか。

「変態ですよ、絶対、変態。何だって人の捨てた物の臭《にお》いを嗅いだり、頭に被《かぶ》ったり、あろうことか口に入れたり出来るんですか？　最低！　汚ないとか、そんなこと以前の問題ですよね、変態です！」

「きれいなゴミなんか、ありゃあしないんだもんな。それだけで人を判断されたんじゃ、かなわねえよなあ」

芳賀主任たちは、本気で怒る貴子を「まあまあ」となだめ、いかにも気の毒そうな表情で、そんなことも言ってくれたが、それでも彼らにはどこかに冷やかし半分の表情があった。

「まあ、災難だと思ってさ、忘れることだ」

「ひと事だと思って、簡単に言わないでくださいよ。気持ちが悪くてたまらないですよ、私の靴の匂いですって？　そんなもの、私だって嗅いだことなんか、ないですから！」

「そりゃあ、そうだ」

一体、どの程度のゴミを漁《あさ》られ、見られていたのかと思うと、目の前が真っ暗になりそうだ。それも、日頃顔を合わせる機会の多い仕事仲間に、その内容を知られたことが、何よりも恥ずかしい。

「これからは、夜にゴミを出すのは、出来るだけ避けた方が、いいやな」

「もう、出してませんっ。絶対に出さない！」

青年が逮捕され、一連の供述が得られたと所轄《しょかつ》署から聞いた後、貴子は八十田たちと酒を飲みに行き、彼らに半ばからかわれながらも、たっぷりと慰められた。彼らに、苦笑混じりに「大事に至らなくてよかったじゃないか」と言われるうち、やがて、貴子も少しずつ諦《あきら》めるより仕方がないと思い始めた。災難だった、避けようのないことだったのだ。不愉快な苛立《いらだ》ちだけは残るものの、時の経過と共に忘れていくより仕方がない。

彼らに宣言した通り、貴子は、夜にゴミを出すのをやめにした。少しばかり溜《た》まってしまうことがあっても、絶対に朝にするようになった。そして、一週間が過ぎ、二週間が過ぎた。

朝の空気が少しずつ冬枯れの気配を感じさせるようになった頃、貴子は、仕事で立川中央署に立ち寄った。俯《うつむ》きがちに刑事課への階段を上っていると、踊り場を曲がったところで、下りてきた人とぶつかりそうになった。反射的に「すみません」と言い、ふと顔を上げる。そこには見覚えのある顔があった。以前、少しの間だけペアを組んだことのある滝沢刑事だ。全体に脂《あぶら》ぎっていて、口を開けば憎らしいことしか言わなかったデカチョウだが、貴子は今でも時折、滝沢を懐《なつ》かしく思い出すことがあった。

「お元気ですか」

思わず笑顔になって声をかけると、その体型から、貴子が密《ひそ》かに皇帝ペンギンと名付けた滝沢は、相変わらずのずんぐりむっくりで、大きな太鼓腹を貴子の方に突き出したまま、「おう」と言った。

「あんたも、元気そうじゃないか。何だい、うちに用か」

「事務的なことです」

「そいつあ、ご苦労さん」

滝沢にしては普通の受け答えをすると思っていると、すれ違いざまに、彼は「そういえばよ」と言った。

「あんた、パンツを拾われたんだってな」

その瞬間、貴子は顔から火が出そうになるのを感じた。思わず振り返ると、少なくなり始めた髪をぺたりと頭に貼り付けた滝沢が、にやにやと笑いながらこちらを見上げている。

「あれだって？　赤とか、黒とか、そんなヤツだって？」

「そんなのじゃ、ありません！」

思わず大きな声で答えていた。滝沢はいかにも陰険そうな目を細めて、にやにやと笑いながら「へえ」と言う。

「俺あ、そう聞いたぜ」

「下着は、拾われてません。靴です、古い」

「まあ、あんまり刺激的なパンツだったら、細かく刻んで捨てるんだな」

「ですから――」

「何しろ、あんたは有名人なんだから、そんなパンツを穿《は》いてるって知られたら、今度組む相手が、たまらねえだろうから」

それだけ言うと、滝沢は声を出して笑いながら行ってしまった。

――やっぱり、くそじじいだ。いつまでたっても。

貴子は唇を嚙《か》みながら、視界から消えるまで、皇帝ペンギンの後ろ姿を睨《にら》み付けていた。ほんの少しの間でも、彼を懐かしいと思った自分が馬鹿だったと思った。小さく鼻を鳴らした後、貴子はくるりと踵《きびす》を返すと、残りの階段を一気に駆け上がった。

冬の軋《きし》み

1

ヘッドライトが、闇《やみ》の中にいくつかの白い顔を浮かび上がらせた。揃《そろ》ってこちらを見ているそれらの中で、一番手前にいた、一見してパジャマの上に何かを羽織っていると分かる服装の男が、身体《からだ》の前で組んでいた手をほどき、おいでおいでをする。音道貴子は、彼らの直前で車のブレーキペダルを踏み込み、同時に頭上で鳴り響いていたサイレンを止めた。

「おっちゃんは、降りなくていいぞ。俺が聞いてくる」

助手席に乗っていた八十田が、低い声で言った。そして、車が停まると同時に、素早く降りていく。「おっちゃん」という、あまり有り難くないニックネームで呼ばれている貴子はエンジンをかけたままの状態で車のサイドブレーキをひき、フロントグラス越しに外の様子を眺めた。五、六人の男女に囲まれるように、一人だけ路上に座り込んでいる若い女の姿が認められる。時計の針は、既に午前零時半近くを指していた。師走《しわす》に入って、さすがに外は寒いのだろう。立ちつくしている人たちは、いずれも白い息を吐きながら、降りていった八十田の方を見ていた。貴子は窓を開けて、彼らの声を聞こうとした。冷たい風が顔に当たる。

「じゃあ、二つ目の角を左に曲がったんですね？」

長身の八十田は、大きな背中を丸めるようにしながら、寒そうな顔に興味津々《しんしん》の表情を浮かべている人々に話しかけている。大半が寝間着の上に何か羽織っているか、普段着だが、その中で一人だけコートを着込んでいる若いサラリーマンがいて、貴子の同僚刑事は、主にその男に向かって話しかけ、事情を聞き出そうとしていた。その様子を見ながら、貴子は無線機のマイクに手を伸ばした。

「機捜十六から西府中」

「機捜十六どうぞ」

「ただいま現着しました。現在、八十田刑事がマル害と目撃者らしい人から話を聞いています」

無線機から「西府中了解」という声が流れてきたとき、周囲から他のパトカーのものらしいサイレンが聞こえてきた。同時に、八十田が小走りで車に戻ってきた。

「直進だ。二つ目の角を左！」

その方向には府中街道が南北に走っている。幹線道路を使ったか、それとも狭い道ばかりを選んだか。とにかく走るしかなかった。八十田が乗り込んでくるのを確認してサイドブレーキを戻したとき、すぐ前の角から、自転車にまたがった制服の警察官が飛び出してきた。貴子たちを認めると、軽く敬礼する真似《まね》をする。それに片手で答えながら、貴子はアクセルを踏み込んだ。走り始めた直後、ミラーに救急車が映った。

「マル被は府中街道方向に逃走の模様。赤いスクーターで二人乗り。後ろに乗っているのは黒っぽいジャンパーに、銀色のヘルメット。髪《ハツ》は金髪で長め。ひったくったバッグは茶色いショルダー型」

八十田が無線機に向かって、聞き込んだばかりの情報を流している。銀色のヘルメットに長い金髪という特徴は、つまり、このところ連続して発生しているひったくり事件の犯人と同じらしいということだ。

「まだ五分もたってませんよね」

「五分どころか、俺らが動き始めてまだ三分てとこだ」

「じゃあ、絶対にまだこの近くにいるんだわ」

だが、狭い道はいずれも闇に包まれ、ひっそりと静まり返っている。やがて、府中街道に出ると、貴子はためらわず広い通りを北に向かって走り始めた。

「まだこの時間だと、もう一回くらいは、やるかしら」

ハンドルを握りながら、貴子は窮屈そうに助手席に納まっている同僚を横目で見た。

「かもな。財布には一万五千円くらいしか入ってなかったそうだから」

「だとすると、可能性ありますね」

「大ありだろう。ただでさえ忘年会シーズンで、帰りの遅い人が多いから、余計に狙《ねら》いやすいはずだ」

「今夜中に、何とかなるといいけど」

貴子や八十田の所属している機動捜査隊とは、犯罪の発生、または認知の直後におい て、犯人を逮捕し、あるいは証拠資料を発見するための、いわゆる初動捜査を行う部署だ。つまり、緊急的な捜査活動を行うわけだが、通常は殺人、強盗、強姦《ごうかん》、放火などの重要事件や、暴走行為などの場合に出動する。それだけに、息苦しくなるような現場に赴くことも少なくない。だが、たった今後にしたのは、平凡なひったくりの現場だった。

「これで何件目になるんでしょう」

「今月に入ってからだけでも、もう八件くらいは、やってるんじゃないか?」

普通はこのような小さな事件に機捜が動くことはなく、所轄《しょかつ》署の盗犯担当の刑事が捜査にあたる。だが、十一月の初旬頃から国立・府中の両市にまたがって頻発しているひったくり事件に関しては、その特徴から、同一人物による犯行と思われた。

犯行は、常にバイクの二人乗りで、歩行者や自転車のバスケットにバッグを入れている人から、ひったくり行為を行うというものだ。直接ひったくるのは、後ろに乗っている、黒っぽいジャンパーに銀色のヘルメット、そして、金色の長髪。前に乗っているのは、やはり黒っぽい服装で、こちらは赤いヘルメット。バイクは常に盗難車を使用している。奴《やつ》らは、盗難車が、届け出があってから三十分後には手配が完了することを知っているのだろう。常にバイクを盗んだ直後に犯行に使用して乗り捨て、次にまた新しいバイクを盗む。それを、このところ週に一、二度の割合で繰り返しているのだった。

これだけ犯人の特徴がはっきりしており、しかも連続して犯行に及んでいるということで、西府中署では、ついに邀撃《ようげき》捜査に乗り出した。犯人が通りそうな場所で張り込みを行い、事件発生直後に捕まえようというものだ。貴子たち機捜は、そこで応援に駆り出されたというわけだった。この手のひったくり犯というのは、十代と考えて、まず間違いがない。大人は動きも鈍く、スクーターの二人乗りなどもしなくなるからだ。

「この寒いのに、毎晩のように出歩くなんて、ご苦労な話ですね」

ハンドルを握る貴子が呟《つぶや》くように言う間に、八十田は懐《ふところ》から煙草《たばこ》を取り出して口にくわえている。無線からは、今夜の邀撃捜査に乗り出している各警察官からもたらされる情報が絶え間なく入ってくる。だが、それらの中に、貴子たちが向かう方向に、容疑者らしいバイクが走っているという情報はなかった。

「遊びたい年頃の連中に、寒さなんか関係ねえよ」

八十田が煙草の煙を吐き出しながら、つまらなそうに呟く。口調はのんびりしているが、彼が周囲のすべてに目を配っていることは確かだった。府中街道を一キロも走ったところで、彼は「やっぱ、裏道だな」と呟いた。貴子は、適当な角を選んで左折することにした。こういう捜査に決まった道順はない。

「だけど、これだけ特徴がありながら、知ってる奴らがいないっていうのも、珍しいな」

八十田は、事件が続発している界隈《かいわい》の非行少年グループの誰かをつけば、ある程度の情報が得られるものだということを言っているのだ。暴走族や日中からゲームセンターにたむろしているような少年のグループの中には、案外警察に協力的な者も少なくない。腹を割って話せば、意外なほど素直で義俠心《ぎきょうしん》のある者もいる。彼らの一人を呼んで、「こういう者を知らないか」と聞くと、それだけであっさりと身元が摑《つか》めることがあるのだ。

「茶髪のロン毛っていうだけで、そう多くはないと思うんだがな」

「案外、外人だったりして」

貴子が言うと、八十田はふっと笑った。煙草の煙が一気に吐き出された。

「女の子かも知れないしな。最近の、コギャルか？　マゴギャルか？　とにかく元気だから」

「でも、女の子だったらもっと割のいい稼ぎ方があるでしょう？」

「ああ、援助交際」

そんなことを言い合いながら、三十分後、貴子たちは容疑者らしいバイクを発見することが出来ないまま、もとの待機場所に戻ることになった。ひったくりによって得た金額が希望の額に達しないとなると、彼らは再び犯行を繰り返す可能性が高いと踏んだからだが、結局その晩は、新たなひったくり事件は起こらず、邀撃捜査は虚《むな》しく終わった。立人通りも絶えた午前二時過ぎ、貴子たちは邀撃捜査から離れ、通常の任務に戻った。立川にある第三機動捜査隊の分駐所に戻ると、同様に邀撃捜査に出ていた芳賀主任と富田刑事のコンビも戻ってきていた。

「さっきのガイシャな、足の骨にひびが入ってたそうだ。転んだ拍子に、足が自転車の下敷きになったんだろう」

大下係長が、少しばかり難しい表情で言った。貴子は、ひったくりの現場に座り込んでいた若いOLの姿を思い出していた。年の頃は、二十四、五といったところだろうか。ベージュのコートを着て、ショックのためか、どこか呆《ほう》けたような顔をしていた。バッグを盗《と》られた上に怪我《けが》までしたとなると、警察にとっては小さなヤマでも、本人には大変な災難だ。

「バッグの中に携帯電話も入っていたそうだ。ホシが、その携帯を使ってくれりゃあ、じきに割れるんだがな」

係長の言葉に、貴子の仲間は一様に頷《うなず》いている。貴子は、自分と彼らのためにコーヒーを淹《い》れながら、それにしても、あのＯＬは行子《ゆきこ》に少しばかり面差《おもざ》しが似ていたと考えていた。貴子には二人の妹がいる。行子は上の方の、今年で三十になる妹だ。最近、実家に電話をかけると、母はその行子の帰りが遅いということばかりを言っている。大方、つき合っている人でもいるのだろうと思うが、今のところ、母は何も聞いていない様子だった。もちろん、貴子も何も知らない。それどころか随分長い間、妹と話もしていないことに、ふと思いが至った。

――遅くなるときは、タクシーを使えって、電話でもしておこうか。

特に今年に入ってから、ひったくり事件は各地で多発していた。警視庁管内だけでも、多い日には一日に十五から二十件も起きている。貴子の実家は埼玉の浦和にあったが、用心に越したことはない。行子も、末っ子の智子にしても、気をつけるように言っておいた方が賢明だなどと考えながら、貴子は、コーヒーの熱い湯気を吹いていた。夜勤の日は、いつも朝が待ち遠しいが、冬場はなおさらだった。

2

その日は、午前五時過ぎに強盗事件発生の通報が入って、貴子たちはまた出動した。立川駅に近いサラリーマン金融会社に強盗が入ったというものだ。緊急配備がしかれ、無線連絡も慌《あわ》ただしく、貴子たちも緊張しながら現場に急行したが、程なくして、駅の傍《そば》をうろついている不審な人物を芳賀主任たちの車が発見した。呼び止めて職務質問をしようとしたところ、男は走って逃げようとしたため、追跡して身柄を確保、持ち物を調べた結果、間違いなくマル被であることが判明したという。

「何だ、手柄を持っていかれちゃったな」

被疑者逮捕の連絡を聞くと、今度はハンドルを握る役目に回っていた八十田が、苦笑気味に言った。貴子は、彼の横顔に向かって小さく頷きながら、白み始めた空を眺めていた。やっと朝が来る。取りあえずは、自分たちのチームが容疑者を捕まえたのだと思えば、何となく嬉《うれ》しいものだった。

午前十時過ぎに、ようやく長い当番勤務が終わった。貴子たちは、日勤のチームに仕事を引き継ぎ、それぞれに分駐所を後にした。クリスマスの飾り付けが目立ち始めている街を歩くにつれ、何ともわびしい気持ちになっていく。今年のクリスマスも、貴子は一人で過ごさなければならないのだ。昨年もそうだった。

――来年くらい、そろそろ一人じゃなくなるといい。

仕事によっては、クリスマスも正月もあったものではないのだが、それでも貴子は最近、そう思うようになった。そして、そんな気持ちになれることに、内心で満足していた。少なくとも去年の今頃は、貴子は「一人で結構」だと思っていたのだ。とにかく、早く月日が流れて欲しくてならなかった。その年の始めに離婚したばかりで、嫌らしい疲労感と奇妙な敗北感を抱えたまま、毎日を必死で送っていた。

帰りに多少買い物などをして、マンションがある永福町に帰り着いたのは、昼を少し回ったところだった。風が強かったが陽射《ひざ》しは柔らかく、心なしか正月の頃を思い出させる空気が漂い始めている。

「あ、ちょうど良かった、刑事さん！」

商店街を抜けて、そろそろマンションにたどり着こうとしたときだった。マンションの手前の米穀店から、覚えのある声が聞こえてきた。その途端、貴子は緩みかけていた神経がいっぺんに緊張するのを覚えた。店から飛び出してきたのは、米穀店の女房だ。

「今、お帰りですか？」

彼女は、以前、息子のスピード違反をもみ消せないかと、突然話しかけてきた女だった。そのときは突っぱねたのだが、元来がお喋《しゃべ》りな上に懲《こ》りない性格なのか、彼女は以来、ことあるごとに「刑事さん」と話しかけてくる。

「まあまあ、お疲れさまです」

いかにも如才ない笑顔で言われると、貴子の方も怒るわけにもいかず、曖昧《あいまい》に頷くより他にない。

「ちょうどね、ちょっと、ご相談したいことがあって。いえいえ、うちのことじゃ、ないんですけれどね」

こんな所で立ち話も何だからと、彼女は買い物袋を提げたままの貴子を自分の店に招き入れる。店頭に「新米」という札と共に様々な銘柄の米を並べてある店は、中に入るとわずかに薄暗く、かなり古い造りだった。

「実はね、この先の、小峰さんのお宅のことなんですけど」

そんな名前を出されても、貴子に分かるはずがないのだが、米屋は、駅に行く途中の道の、オレンジ色っぽいタイル貼《ば》りの家なのだがと付け加えて、その家の家族構成までも説明した。サラリーマンの父親、専業主婦の母親、二十歳くらいの長女に、高校生の次女。

「その、下の娘さんがね。二年くらい前から、学校に行かなくなってるらしいんですけど」

「――不登校なんですか」

そういう問題の何を相談されるのだろうかと思いながらも、貴子はとりあえず相づちを打つ。米屋の女房は、いかにも深刻そうに眉間《みけん》にたて皺《じわ》を寄せ、中学生の頃は、明るい普通の娘だったのだがと言った。

「それが最近ね、ものすごく暴れてるらしいんです」

「暴れてる？」

「小峰さんのお隣とか、ご近所まで聞こえるらしいんです。真夜中にね、急に『馬鹿野《ばか》郎っ』とか『畜生っ』とか、そんな声がしてくるんですって。それで、物の壊れる音がしてねえ、もう、聞いてるだけで背筋が凍る程、恐ろしい音らしいのよね」

米屋は、自分の話に自分で納得しているように、大きく頷きながら、家族が気の毒でならないと続けた。

「『死ね』とか『殺してやる』とか、そんなことも言うそうなんですよね。上のお嬢さんは、もうたまらなかったんでしょうね、三カ月くらい前に、出ていっちゃったんです。そうしたら、余計に暴れるようになったみたいで、今はご両親だけなんだけど、たまに見かけても、気の毒なくらいにやつれちゃってるんですよ」

近所では、そのうち何か物騒な事件が起きるのではないかと噂《うわさ》しあい、近くの交番に相談に行ってみたのだという。だが、家庭内で起こっていることに関しては、警察は口出し出来ないと言われたのだそうだ。

「そうなんです。夫婦喧嘩《げんか》と同じで、被害者の方が直接訴えてくるとかすれば、別かも知れませんけれど、そうでなければ、私たちは——」

「自分たちの娘のことですもの、親が訴え出るはずが、ないじゃないですか」

「——」

「でも、そんなことしてる間に、手遅れになったら、どうなるんです？」

「手遅れって――」

「もう、やり切れなくなっちゃって、どっちかがどっちかを、どうにかする、なんていうことになったら。そうなってからじゃ、遅いでしょう?」

それはそうだが、ここから先は、警察としての対処の仕方が分からなかった。個人的な見解で好《い》い加減なことを答えてしまうと、後々によけい厄介なことにもなりかねない。貴子は少しの間考える顔をした後で、交番でなく、警察署の生活安全課に相談してはどうかと答えた。

「『生活安全課』? そんな課が、あるんですか」

「そこに、少年係があります。場合によっては、家庭内暴力とか、非行に関する相談日をもうけてる署もあると思いますし、そちらを専門にしてる人がいますから」

「ああ、そういうところに行けば、いいんですか」

「ですが、それだけ娘さんの状態がお悪いんなら、親御さんの方で、もう何らかの手を打ってると思いますよ」

近所の人間が口を挟むようなことではないと、暗に匂《にお》わせたつもりだったが、米屋はとんでもないという表情で激しく頭を振る。

「最近の人はね、どんどん薄情になってますから、余計なお節介と思われるかも知れませんが、あなた、この近所で、変な事件でも起きてごらんなさいよ。私たちだって嫌な気がするじゃないですか。それにね、こういう問題は他人事《ひとごと》じゃないと思ってるお宅だって、少なくないんですから。小峰さんは、昔からあそこに住んでいらっしゃって、まあ、お得意様っていうのでもないけど、私だって、お爺《じい》ちゃんやお婆《ばあ》ちゃんまで、知ってたんですから。何か、お米はね、新潟だか山形だかの親戚《しんせき》が送ってくるとかいう話だったけど、ねえ、だからこそね、単なる御近所っていうことで、損得なしに心配してるんですってば。ねえ？」

一気にまくし立てられる間、貴子は黙って頷くより他なかった。それでも米屋の女房は、貴子のアドバイスが気に入ったらしく、「すみませんね」などと笑顔に戻る。貴子は、なおも喋りたそうな彼女の言葉が途切れるのを見計らって、ようやく店を出た。

「やっぱり女同士だから、余計に話しやすいっていうこと、ありますよねえ。それに、制服じゃないしね、刑事さんが、この辺りの警察に来るなんていうこと、ないんですか？」

最後に、そんなことを言われて、愛想笑いを浮かべながら歩き出す。腕時計をのぞくと、ゆうに二十分以上は話を聞かされていた。

——分かってる。悪い人じゃないっていうことくらい。

それでも、家の近所まで来て「刑事さん」などと呼ばれるのは、何とも窮屈でたまらない。数カ月前までは、そんなこともなかったのに、最近の貴子は、普段着でコンビニ辺りまで行く時でさえ、妙に人の視線を意識するようになっていた。米屋の女房が、方々に言い触らしているからだ。

——今度は、こういうことがないようにしたい。

陽当たりが良く、案外気に入っている部屋に戻ると、貴子はため息混じりに室内を見回した。年が明けて間もなく、この部屋は賃貸契約の期限を迎える。二年の月日が流れるということだが、それは、離婚してからの月日でもあった。この二年間の、何と長く、苦く、味気ないものだったかを思うと、それだけで何度でもため息が出てきそうだ。それでも先月あたりまでは、貴子は当分の間、この部屋で暮らすつもりだった。ここですべてをやり直し、この部屋から出るときは、新しい何かに向かう時でありたいと、そんなふうにも考えていた。だが、近所付き合いが煩《わずら》わしくなって以来、貴子はその考えを捨てた。いくら薄情と言われようと、やはり、プライベートな生活の場では「刑事さん」などと呼ばれたくはないのだ。

八畳ほどの台所が案外狭く感じられるのは、引っ越してきた当時の段ボールの幾つかが、まだそのままで積み上げられているからだ。結局、それらの荷物は、一度も梱包《こんぽう》を解かれないまま、再びどこかに運ばれることになりそうだった。

「だから、この際、思い切って引っ越そうと思って。今度は、もう少し通勤に楽なところを選んで」

着替えを終えて一息つくと、貴子は浦和の実家に電話をして、母に引っ越しの意思を伝えた。本当は、明日辺りバイクで家に帰るつもりだったのだが、それよりも先に不動産屋を回らなければならなくなったと言うと、母は意外なほどあっさりと「そうなの」と言った。

「でも、年内には一度くらい、帰ってくるんでしょうね？　お正月は？」

「年内には帰るわ、お正月はまだ分からないけど。ああ、それとね」

ひったくりが多発しているから、妹たちにも気をつけるように伝えて欲しいと言うと、母の声は途端に不安そうになった。

「そんなに多いの？」

「都内はね。とにかく夜道を歩くとき、ショルダーバッグは、しっかりと手で押さえるか、肩から斜めにかけて、車道側を歩かないように、自転車に乗るときには、前のかごに入れないように。相手はだいたいバイクや自転車に乗ってるから、勢いで転んだり、怪我《けが》をする場合もあるから」

母は、「もう、嫌だわねえ」などと言いながら、貴子の言うことを真剣にメモしている様子だった。

「コーコは、相変わらず遅いの？」

「遅いわよ。土日だって出かけてばっかりで」

「何してるんだか、聞いてみた？」

「あの子は、お姉ちゃんや智ちゃんと違うから。聞いたって、言いやしないわ」

ため息混じりに言う母の声を聞きながら、貴子は、ふいに高校時代の妹のことを思い出していた。行子にも、何だか急にふさぎ込んで、不機嫌な頃があったのだ。元々、貴子に対しても突っかかってくることの多かった妹だが、何か話しかけても「うるさい」などと怒鳴り、部屋に閉じこもる時期があった。下手をすると、彼女も家庭内暴力に走ったのだろうか。あの頃の行子の心の中は、どうなっていたのだろう。

皆によろしくと言って電話を切ると、貴子は、取りあえずバイクの手入れをすることにした。夜勤明けなのだから、眠いに決まっているのだが、ここで眠ってしまうと、明日が中途半端《はんぱ》になる。明るいうちは、もう少し身体《からだ》を動かして、早めにベッドに入ることにしようと決めて、月極《つきぎめ》の駐車場に向かう。貴子の愛車であるＸＪＲ１２００は、このところ遠乗りにも連れていってもらえず、少しばかり不満げだ。

どうせ引っ越すなら、駐車場のついてるところを探したいものだ。愛車の傍に屈《かが》み込みながら、近所の人が通りかかると、必要以上に彼らの視線を気にかける自分に気付いて、貴子は余計に嫌な気分になりながら、明日は、どの辺りの不動産屋を回ろうかと考えていた。

3

三日に一度の夜勤の度にひったくり捜査に駆り出され、休みの度に不動産屋を回っている間に、師走《しわす》も二十日を過ぎてしまった。やはり泊まりの晩、簡単な夕食を済ませた後で、分駐所で待機しながら、貴子はため息混じりに賃貸住宅の情報誌を読んでいた。

「まだ探してるのか。何で、そんなに見つからないんだ？」

八十田を始めとする仕事仲間から聞かれる度に、貴子は車とオートバイを置けるだけのスペースを有している部屋が少ないことと、予算との折り合いがつかないのだと言った。芳賀主任も含めて、誰もが、それならば寮に入ってはどうかと言う。確かに、官舎に入れば、こんなに楽なことはないのだが、貴子は曖昧に笑って首を振った。

「今更、独身寮に戻っても、かえって気詰まりですもの」

貴子が離婚したのは、現在の職場に着隊する前のことだ。だが、皆と打ち解けてくるに連れ、結婚や見合いの話題などを出されるのが面倒で、貴子は自分がバツイチであることを明かしていた。最初は、皆が一様に戸惑いを見せ、何と言ったら良いか分からない様子だったが、彼らは取りあえずは紳士的な表情を崩さなかった。仕事仲間の視線に、哀れみや軽蔑《けいべつ》、または、もっと他の何かが込められては惨《みじ》めだと思っていた貴子は、彼らのそんな反応に安心し、彼らを信じるきっかけにもなったと思う。

「まあ、寮に入ってる連中とは、年も違うもんなあ。面倒かも、知れんな」

貴子よりも一歳年上の富田巡査部長は、深々とため息をつき、「離婚か」と呟《つぶや》いた。

「俺も他人事じゃねえもんなあ」

「あら、何でですか？　富田さんのお宅は、そんな心配、ないでしょう。お子さんだってたくさんいるんだし」

「俺はそのつもりだけど、カミさんもそう思ってるかどうかは、分からんよ。何せ俺らの世界は、ほら、離婚率も高いから」

全体に四角い、岩石のような印象を与える富田巡査部長は、その厳《いか》つい顔立ちには不似合いな、何となく弱々しく見える笑顔になる。貴子はふと、今年の始めに短い間だけコンビを組んだ刑事のことを思い出した。今でも立川中央署にいるはずの滝沢刑事は、四十代も半ばを過ぎた、いかにも冴《さ》えない、小憎らしい男だった。だが、妻に去られて、子どもを三人抱えたまま、やもめ暮らしを続けていると知ってからは、そういう過去が、あの刑事の性格を随分歪《ゆが》めていたのだと思うようになった。確かに、貴子の職場には案外離婚経験者が多い。仕事の忙しさや不規則さ、家庭を顧みないことから、家庭崩壊を招く者が多いことも確かだ。家族の無理解や妻の裏切りなど、酒が入ると愚痴の飛び出す人間が少なくないことは、貴子も知っている。

「良かった、俺は呑気《のんき》なもんだから」

八十田が、のんびりとした声で言う。日頃、貴子と組んでパトカーに乗り込んでいる彼は、本人の話によれば、つき合っている女性もいないという。大下係長や芳賀主任は、何とか彼の縁談をまとめたいと思っている様子だが、八十田自身は、まだまだ結婚する気はないと、日頃から言っていた。

「自分の子どもが欲しいとか、思わないのか」

富田が不服そうな表情で言っても、八十田は「全然」と涼しい顔で答える。

「第一、今の世の中、警察官の子どもだからって、まともに育つとは限らないじゃないですか。最近のガキどもを見てると、とてもじゃないけど、俺には子育てなんか出来ないと思いますよ」

それは、貴子も同感だった。四年半の結婚生活を続けているうちは、まだ早いとか、職場から離れたくないとか、そんなことを言い訳にしていたのだが、実際は、それほど子どもを欲しいと思わなかったというのが、正直なところだ。それに、今にして思えば、それは予感めいたものだったのかも知れない。まだ夫婦の関係が険悪にならない頃から、この人の子どもを産むことはないだろうと、貴子はどこかで漠然と感じていたような気がする。

「昔っから言うだろう、案ずるより産むが易《やす》しってさあ」

富田が説教じみた口調で言いかけたとき、無線機が「至急、至急」と言った。

「そらきた！」

八十田が、椅子《いす》にもたれていた背を伸ばしながら言った。午後十一時を回って、確かにこれからの時間が、貴子たちにとっての書き入れ時だ。

【国立市石田、JR南武線矢川駅前で暴行事件発生の通報。直ちに待機車両を出向されたい、どうぞ】

係長が無線機に向かう間に、貴子たちは一斉に立ち上がった。

「酔っ払いかな」

「この時期だからな」

詳しい状況は、パトカーに乗ってから無線で聞けば良い。とにかく、一分でも早く現着することが、被疑者の早期逮捕、事件の早期解決につながる。

「阿呆《あほ》だよな、せっかく高い酒飲んだって、その後で暴れたりしたら」

「八十田さんだって、人のことは言えないじゃないですか。暴れたら、誰よりも手がつけられないんだから」

「俺はね、高い酒を飲んだら、暴れないのよ。安い酒を飲んで、暴れるのが好きなんだから」

ハンドルを握りながら奇妙な言い訳をしている八十田を苦笑混じりに眺めているうち

に、無線からは次々に新しい情報が入ってきた。

［マル害は五十歳前後、サラリーマン風の男性。マル被は、五、六人連れ。十代から二十代と思われる男女］

無線の内容に、貴子は思わず「男女？」と聞き返した。その頃には、パトカーは既に立川通りを南下し、甲州街道に向かっていた。

「しょうがねえな、またクソガキか」

［マル被は、自転車で逃走の模様］

「自転車か、じゃあ、裏道の方がいいな」

言うが早いか、八十田はパトカーのハンドルを大きく左に切る。助手席に乗り込んでいた貴子の身体が、大きく右に傾いた。ヘッドライトが闇《やみ》を探る。だが、矢川駅前に着くまでに、それらしい自転車を見かけることはなかった。

現場に到着すると、周囲にはぱらぱらと野次馬が集まり、その中程にうずくまるように倒れている男の姿があった。少し離れた所に、交番勤務の警察官の白い自転車が二台、停まっている。貴子たちが車から降りると、人垣の中に屈み込んでいたらしい警察官が立ち上がった。貴子たちは、敬礼している彼に向かって、人垣をかき分けていった。被害者に近付くと、口からも額からも、さらに、どこか他の場所からも出血しているらしく、グレーのコートを着ている男の周囲には、黒いしみが広がっていた。

「ちょっと、大丈夫ですか？　分かりますかっ」

八十田が声をかけた。だが男は目をつぶったままで動く気配がない。ひょっとすると、既に息絶えているのだろうかと思うと、思わず二の腕をぞくぞくとした感覚が駆け上がる。救急車が到着した。救急隊員がストレッチャーを押しながら駆け寄ってくる。貴子は、なおも被害者を呼んでいる八十田から離れて振り返った。

「こちらが通報者です。で、この辺りの人たちは、一部始終を見ていたそうです」

黒いコートを着た制服の警察官が、半ばいぶかしげな表情で、貴子と貴子の腕の「機捜」という腕章とを見比べながら言った。

貴子は小さく頷《うなず》き、まず通報者と言われた男に近付いた。その頃には、他のパトカーや制服の警官も到着して、普段はひっそりとしているに違いない駅前は、にわかに物々しい雰囲気に包まれた。

「何か、まだ震えてるんですがね」

この近くで小さな飲食店を経営しているという三十代後半に見える通報者は、確かに、寒さのためばかりとは思えない程に唇を震わし、その声も震えていた。

「じゃあ、少し深呼吸をしましょうか。落ち着いて、少しお話を伺わなきゃなりませんから」

だが、男は興奮がさめない様子で、目をきょろきょろとさせながら、とにかく「いやあ、あのさ」などと話そうとする。初動捜査における事情聴取は、相手が見たまま、聞いた通りの、出来る限り正確な情報を得ることがもっとも大切だ。その時点で記憶が着色されてしまうと、捜査の方向がすべて狂いかねない。それだけに相手を落ち着かせ、慌《あわ》てずに話してもらう必要があった。

「仕事の帰りでね、駅に向かってたんですわ。ちょうど、電車が行った後らしくって、改札口から、何人かの人が、ばらばらと出てきてたんですが、そのうち、何か怒鳴るような声が聞こえてきて——」

だが、こちらが質問をする前に、こうして喋《しゃべ》り始める人は、相当に興奮している場合が多く、結局は正確な話が聞かれない場合も珍しくない。貴子は、男をパトカーの後部座席に乗せ、自分も隣に乗り込んだ。ドアを閉めると、わずかながら静寂が訪れ、男はようやく静かになった。

「一つずつ、伺っていきますから、順番に答えていただけますか？　覚えていないところは、覚えていないと言っていただいてかまいませんから」

貴子は、相手が頷くのを見ながら、常に持ち歩いているバッグに手を入れた。

「それから、正確を期するために、一応録音をさせて下さい」

録音マイクの内蔵されている小型カセットテープレコーダーを取り出すと、男はわずかに怯《おび》えたような表情になったが、取りあえずは神妙な顔つきで頷く。貴子は、「では」

と言いながらテープレコーダーのスイッチを入れ、改めて通報者を見た。

「では、最初はまだ何も起きていなかったんですね？」

「と、思いますがね。駅前の隅の方に、何だか若い連中が何人か固まってるとは思ったんですが、特に、気にも留めなかったし」

「それは、何人くらいですか？」

「六人か——七人、くらいかな」

「全員、男性でしたか？」

そこで、通報者は眉《まゆ》をひそめ、深々とため息をついた。最近は、遠目に見ただけでは男とも女とも分からない連中が多いではないかと言われて、貴子も思わず頷いた。

「でも、女は混ざってましたよ。髪の長いのが何人かいたし、ほとんどが、茶髪っていうか、金髪っていうか、そんな髪の色をしてたから、連中のうちの何人が女だったかまでは分からなかったけどね。やたらと黄色い声を張り上げて、『やっちまえ』とか『ぶっ殺せ』とか、叫んでるのがいたんでね」

「『やっちまえ』とか『ぶっ殺せ』ですか」

男は腕組みをして深々と息を吸い込むと、「いや、すげえ迫力だよ」と言った。

「あたし、ラーメン屋なんだけどね、この辺は、女の子の体育大なんかもあるから、店にはそういう子が来たりもするんだが、あの子たちの迫力とは、全然違うよな。もう、女でも何でもないって感じさ」

「髪の長い人は、何人ぐらいでしょう」

通報者は、即座に「二人だね」と答えた。そのうちの一人は、背中まである髪を金髪に染めていたという。もう一人は、長髪とはいっても、肩に届く程度だったそうだ。背中まである金髪と聞いて、貴子は「もしや」と思った。ひょっとすると、未《いま》だに検挙に至っていない例の連続ひったくり犯ではないだろうか。可能性は、あるはずだ。

「だけど、その髪の長いのが女だったかどうかまでは、あたしには、ちょっと分からないなあ」

「若い連中って仰《おつしや》いましたが、だいたい、何歳ぐらいでしょう」

「暗かったし、遠くから見てただけだから。でも、まあ、とにかく若かったですよね。下手すりゃあ、中学生くらいのも混ざってたんじゃないですかね」

「中学生、ですか」

貴子が繰り返している間に、他の目撃者から話を聞いていたらしい八十田が戻ってきた。丸顔で、かなり頭が禿《は》げかかってきている通報者は、再び緊張した表情になりながら八十田を一瞥《いちべつ》し、「お巡りさんも大変だねえ」と言った。既に救急車も去っており、現場には、被害者から流された血痕《けつこん》だけが、生々しく残っていた。

4

病院に運ばれた被害者は、その持ち物から、北川光安という四十九歳の郵政省の官僚であることが分かった。一命は取り留めたものの、彼は頭蓋骨《ずがいこつ》にひびが入り、肋骨《ろっこつ》二本に加えて、足と腕の骨を一本ずつ折るという重傷を負っていた。背広の内ポケットに入れていた財布を盗まれており、本人によれば、入っていた現金は七万円程度、加えて数枚のカード類もあったらしい。

［マル害の意識ははっきりしている模様。だが、自分を襲った相手については、心当たりはないと言っている］

［自転車に乗った数人の若者をさくら通りで見かけたという証言あり］

［髪を染めた四人連れの若者が、谷保《やほ》駅傍《そば》のコンビニエンス・ストアーにいるとの情報あり］

無線機からは、次々に新しい情報が入ってくる。その都度、貴子と八十田とは、走る方向を変え、国立、立川市内をまたいで走り回った。だが、貴子たちが着く頃には、それらしい人影は見あたらなくなっていたり、または、全くの人違いだった。

「どっかに逃げ込んだかな」

「公園辺りにひそんでたりしないですか」

だが、そちらは他の警官が当たっている。貴子たちは、とにかく機動力を持っている点を最大限に利用して、広範囲に網を広げるより他にない。

最初に一一〇番通報したラーメン屋の店主の話に加えて、八十田を始めとする他の警察官が収集した情報を総合すると、犯人グループは七人。いずれも十代の半ばから後半と思われ、その中には女子が三人混ざっていたらしい。彼らは、駅から出てきた被害者に突然襲いかかり、殴る蹴《け》るなどの暴行を働いたが、全員が加わっていたというわけではなく、そのうちの何人かは、数歩下がったところで仲間のすることを眺めていたらしい。また、通報者が聞いたという女性の黄色い声に関しては、他にも多くの人が聞いており、中には「おまえなんか」と叫んでいるのを聞いたという者もいた。

「知らない相手に、『おまえなんか』なんて、言うかな」

八十田が浮かない調子で呟《つぶや》いた。

「行きずりとか、いわゆるオヤジ狩りみたいなヤツじゃなくて、最初から知ってる相手を待ち伏せしてた可能性の方が、高くないか？　他の人にからんでた様子もないみたいだし、ガイシャだけが駅から出て来たわけでもないんだからさ」

貴子は貴子で、金色の髪を背中まで伸ばしていた若者が混ざっていたという証言について考えていたときだった。

「――もしかして、例のひったくり犯が混ざってたとすると、彼らは随分、行動半径が広い感じがしますね」

「まあ、バイクでなら、どこへでも逃げられるけど――もしも本当にあいつらだとしたら、今夜は自転車で逃げてるんだから、ここから、そんなに遠い場所に住んでるとも思えない。つまりは、この辺が本拠地ってことかな」

「だとすると、あの付近ばかりを調べたって、なかなか見つからないっていうのも、合点がいくわ」

「普段は自転車に乗ってて、ひったくりをしようというときだけ、バイクを盗むってことか」

このところ、少しばかりなりをひそめている例のひったくり犯が、犯行の度に盗んでいるバイクは、主に立川駅周辺のボーリング場やファミリー・レストランの駐車場、線路際《ぎわ》などで盗まれることが多かった。だが、その周辺を張り込めば、彼らはまるでこちらの動きを見透かしているかのように、場所を変える。それなりに知恵を働かせているらしいことは、明らかだった。その証拠に、一度盗んだバイクを繰り返して使うこともないし、携帯電話なども使用していない。その結果、こちらとしては、犯人の手がかりが摑《つか》めないままだった。所轄《しよかつ》署の方では、こうなったら彼らの通り道と思われるところにビデオカメラを設置して、その姿を捉《とら》えようとまでしているらしい。

「もしもガイシャがホシを知ってたら、案外、一挙解決っていう可能性もあるんじゃないでしょうか。本当に心当たりがないか、もう一度、ガイシャに聞けないかしら」

闇を探って、東へ西へと走り回りながら、貴子は、気が付くと熱心に語っていた。これを勘というのだろうか、さっきのラーメン屋から話を聞いた瞬間に、何か閃《ひらめ》くものを感じたのだ。まだ一度も会っていない、「ロン毛で金髪」という人物が、この闇のどこかにひそんでいるのが感じられる気がする。それは、間違いなくしばらく貴子たちを振り回し、夜毎《よごと》バイクに二人乗りをして、帰宅途中の人々の持ち物を奪い取っている人物だと思われた。

「おっちゃんの勘て、当たるかい」

八十田は、少しばかり愉快そうな表情で言った。当てもなく走っているよりは、とにかく目標を見つけて走ることを望むタイプの彼は、「考えられない話じゃ、ないもんな」と続け、無線機に手を伸ばして、これからガイシャが収容されている病院へ向かうことを告げた。

「なあ」

「はい」

「もしも、おっちゃんの勘が当たってたら、俺たちだけで動かないか」

「私たちだけで？」

貴子は、妙に張り切った表情の八十田の横顔を見た。彼は、前を向いたまま、ゆっくりと頷くと、下手にすべてを報告して、所轄の連中に手柄を持っていかれたくはないのだと言った。

「おっちゃんだって、そろそろ部長試験に受かりたいだろう？　俺だって、はやく警部補試験に受かりたいんだ。だけど、俺らなんか、まともに勉強してる暇なんか、ありゃしない。大した仕事もしてなくたって、暇な奴《やつ》から出世していくなんて、冗談じゃねえよ。だったら、勝負どころは、普段どれだけ点数を稼いでおくかってことだ。勤評で勝負すんだよ」

試験のことを言われると、貴子も神妙にならざるを得なかった。確かに貴子だって、そろそろ巡査部長試験に受かりたいと思っている。結局は、典型的な階級社会に身を置いている以上、そういつまでも最底辺にいたのでは、どうしようもないということが、このところ少しずつ、実感として身にしみるようになっていた。

「もちろん、俺たちのチームには、下手に手柄を横取りするような人はいないけどな、こういうときこそ、チャンスじゃないか。だいたい、おっちゃんなんて俺よりも不利なんだぜ。どんなに一生懸命にやったって、何だかんだ言ったって、結局は、手柄は全部男の連中に持っていかれることの方が、絶対に多いはずなんだから」

八十田の言葉には、いつになく説得力があった。気が付くと貴子は、何か考えるよりも早く「そうですよね」とため息混じりに答えていた。先月の末、貴子は三十三になった。そのとき思ったことと言えば、やがて、どんどん若い連中が出てきて、自分よりも出世して、そのうち、「おばさん刑事」とか、「おばさん巡査」などと陰口を叩《たた》かれるようになるのだろうかという、かなり悲観的な自分の将来の姿だった。

「とにかく、確認することですよね。私の勘が外れてたら、絵に描いた餅《もち》なんだから」

もしも自分の勘が当たっていたら、八十田の言う通りにしようと心に決めながら、貴子は隣を見た。のっぽの八十田は、貴子がハンドルを握るときから比べると、シートをずっと後ろにずらし、ひょろ長い腕を伸ばしてハンドルを握る。彼は「おう」と言った後、急にへたくそな歌を口ずさみ始めた。気持ちがはやってくると、訳の分からない歌を歌うのが、この男の癖だということを、貴子はとうに知っている。

「知りません。誰の顔にも、見覚えはありません」

午前四時近くなって病院に着いた貴子たちを待っていた回答は、だが、あまりにも素っ気ないものだった。郵政官僚だという被害者は、見るも無惨《むざん》な姿で病院のベッドに横たわっていたが、意識ははっきりしており、傍らには、青ざめた顔の妻の姿があった。

「大体、あっという間に取り囲まれて、すぐに殴り倒されましたから。誰の顔も、まともに見ている余裕なんか、ありませんでしたしね」

北川光安という男が、郵政省の中でどの程度の地位にいるのかまでは、貴子たちは知らなかった。第一、ほとんど全身を包帯で巻かれている姿から、普段の彼の様子など窺《うかが》い知るのは不可能だ。だが、彼の話は被害者とも思えない程に落ち着いていて、ある程度人前で喋ることにも慣れているような印象を受けたし、唇を噛《か》みしめて、言葉少なに傍に控えている北川の妻の服装や雰囲気も、それなりの生活を送っている人のものに思われた。

「じゃあ、一体何人に殴られたのかも、分からないんですか」

八十田が真剣な表情で言うと、北川はすかさず「はい」と答える。貴子は、包帯で巻かれた彼の顔から目を離さなかった。病院に運ばれる救急車の中で、彼は、加害者は六人だったと答えているのだ。そういう報告を受けている。

「犯人たちの台詞《せりふ》、何でもいいんですが、覚えていらっしゃらないですか」

「いや――もう何が何だか、分かりませんでしたから」

「覚えて、いらっしゃらない。一つも」

やはり、北川は即座に「はい」と答えた。

「他に、ご家族は。お子さんは、いらっしゃらないんですか」

貴子が切り出した。北川の目が、ほんの一瞬だけ、妻の方に動いたのを、貴子は見逃さなかった。彼は、表情を変えないまま、「二人」と答えた。

「今夜は、いらしていないんですか」

なおも貴子が言うと、今度は北川の妻が「あの」と口を挟んでくる。甲高くて細い声の彼女は、長男は地方の大学に行っており、高校生の長女は友だちの家に行っていると言った。

「何ですか、皆でクリスマス・パーティーをするとか申しまして、今夜はそのお友だちのお宅に泊めていただくことになっておりまして——」

「お父様が、こんな怪我《けが》をなさったのに、連絡なさっていないんですか？　息子さんはともかく、お嬢さんにも」

貴子が言うと、今度は北川の妻の目が、落ち着きなく揺れた。だいぶ泣いたのかも知れない。こんな夜更《よふ》けに、それなりにきちんとした服装で、化粧さえも施し、髪にも乱れはなかったが、目元の腫《は》れだけは隠しようがなかった。

「いえ、試験が終わりまして、やっと羽を伸ばせるっていうことで、今頃は楽しんでるんでしょうから、あの——まさか、こんな大怪我だとも、思いませんでしたので」

北川の妻の声は、細かく震えていた。しかも、膝《ひざ》の上に置いた手は、爪《つめ》が白くなるほどにきつくハンカチを握りしめている。貴子は、内心でため息をつき、それから八十田に目配せをした。

永福町の駅まで帰り着いたとき、貴子は久々に、そのままベッドに倒れ込みたいほどの疲労を感じていた。

——気負いすぎたのかしら。

5

病院を出た後、貴子と八十田とは、今度は北川の自宅に回ってみた。矢川駅から六、七百メートルほど北上した、郵政大学校の傍にある被害者の家は、官舎ではなく、それなりに大きな一軒家で、門灯だけは点《つ》いているものの、ひっそりと静まり返っていた。

貴子たちは、門から敷地内に入り、そこに、普通乗用車一台と、母親が使っているらしい自転車を一台見つけたが、その他に変わったものは発見できなかった。結局、そのまま、ぎりぎりまで張り込みを続けたのだが、誰も帰っては来なかった。

「おかしいわ。あの雰囲気、絶対に何かを隠してるもの」

貴子は苛立《いらだ》ち、何度か同じ台詞を口にした。

「父親があんなことになったっていうのに、呼ばれない子どもがいると思う？　上の子の方は仕方がないにしても、下の子は、近くにいるわけでしょう？」

「友だちの家に泊まってるっていったって、本当は、親も知らないような相手のところなのかも知れねえな」

「第一、自分の夫があんな目に遭わされたっていうのに、奥さんの口からは、一度も『早く犯人を捕まえてほしい』なんていう台詞、出なかった」

「やっぱ、訳あり、じゃねえかな」

　そして、恐らく北川を襲ったのは、長女の友人か、または長女本人なのではないかというところで、貴子と八十田の意見は一致した。だが、すべては想像に過ぎない。

「とにかく、娘の居場所が分からないことには、しょうがない。ここは、下手に探し回るより、じっと待つ方が得策だろう」

　その段階で、上司に無線連絡を入れるべきなのではないかという思いが貴子の頭を過《よ》ぎりはした。貴子たちの力だけでは、容疑者の早期逮捕にはこぎ着けないのだ。だが、それでも八十田は、首を横に振った。こんな状態では、たとえ上に報告したとしても、下手をすれば一笑に付される可能性があると彼は言った。

「それに、もしも、俺らの思ってる通りだとしたら、ホシは誰に対してでも暴力を振るうわけじゃないってことだ。それなら、そう急ぐこともないだろう？」

「でも、またひったくりをしたら？」

「そのときは、そのときさ」

　刑事という職業は、所詮《しょせん》は個人プレーだ。手柄は奪い合うものであり、情報は最小限にくい止める、これからは少なからず、そういう工夫が必要なのだろうかと思うと、多少なりとも憂鬱《ゆううつ》にならざるを得ない。だが、八十田の言う通り、昇進試験の勉強がはかどらない貴子たちには、勤務評定で点数を稼ぐことは、確かに必要だった。結局、今日は手ぶらで分駐所に戻ることになったが、八十田は、自分たちの勘を信じて、明日も北川の家を張り込もうと言った。

「あら、今お帰り？」

米屋の前にさしかかると、運悪く、例の女房が店先を掃いていた。一瞬、不快な表情を浮かべそうになったものの、次の瞬間にはふと思いついたことがあって、その日は、貴子は呼び止められる前に自分から足を止めた。

「この前の、あの話、どうなりました？」

話しかけると、米屋の女房は、「ああ」と頷《うなず》き、それから素早く周囲を見回した。彼女は、「小峰さんのお宅でしょう？」と言いながら、貴子の袖《そで》を引っ張る。されるままになって店まで入ると、米屋は「大変みたいですよ」と続けた。

「警察には、相談に行かれてみました？」

その質問には、彼女は首を左右に振った。親でも親戚《しんせき》でもない赤の他人が、警察署まで相談にいくというのも、おかしなものだと、近所の連中と話し合ったのだという。

「そんな矢先に、ご主人が、大怪我をなさって」

「大怪我？」

そこで、米屋の女房は深刻そうな表情を浮かべ、「それがねえ」と続けた。

「お隣の奥さんの話では、何かで殴られたんじゃないかっていうんです」

「娘さんに、ですか？」

「毎晩、そりゃあ、すごい音がするらしいんですけど、先週だったかしら、ある朝、おでこに包帯を巻いて出勤なさってたって」

「娘さんがやったんですか？　でも、証拠は、ないんですよね？」

貴子の言葉に、彼女は当然ではないかと言わんばかりに大きく頷く。娘以外に考えられない、毎晩のように「死んじまえ」とか「ぶっ殺す」などと叫び、何かを投げたり、家中を破壊しているような音を聞けば、他の可能性は考えられないと、米屋は言った。

「このままだったら、あそこのご両親は、そのうち娘さんに殺されちゃうんじゃないかって、ついさっきもね、話してたところなんです。そうじゃなかったら、親御さんの方が思い詰めて、あの子を殺すかも知れないとか。そんなことになったら、もう、どうなっちゃうんです？」

その質問には、貴子は答えられなかった。それほど深刻な状況なのなら、とにかく、その家の者が何らかの行動に出た方が良いと思うとしか、言いようがない。大した答えではないのに、米屋はさも感心したような表情で、何度も大きく頷いていた。

「そうですよねえ、他人には、どうしてあげることも出来ないんだもの」

貴子は、深夜の駅前で、血まみれになって倒れていた北川の姿を思い出していた。それなりに社会的地位のある男が、冷たい地面に頬を付けて、息絶える程に痛めつけられていた、それが、本当に彼の子どもによる犯行なのだとしたら——そう考えると、何ともやり切れない気持ちになる。憎み合う親子は珍しくないにしても、襲いかかるところまでいくと、もはや家庭内の問題では済まされない。

「ねえねえ、それにしても刑事さん」

「——はい」

「刑事さん、お独りなんですよねえ？」

こちらが真剣に考えている矢先、米屋の女房は突然、突拍子もないことを言い始めた。貴子が思わず頷くと、彼女は瞳《ひとみ》を輝かせて結婚するつもりはないのかと続けた。

「いえ、実はね、うちのお得意さまで、どなたかいい娘さんがいらしたら紹介して欲しいって仰《おっしゃ》ってるお宅があるんです。息子さんがね、商事会社にお勤めの三十八歳。何ですか、これまで海外出張が多かったとかで、ちょっと婚期を逃したらしいんですけど、いい息子さんでねえ——」

「私、おつきあいしてる方がいますから」

帰宅早々、荒々しく息を吐き出し、ベッドに倒れ込みながら、貴子は、やはり引っ越そうと考えていた。どうして、あんな女に縁談まで持ち込まれなければならないのかと思うと、怒る気力も失《う》せていく。

――それに、何よ、あの驚いた顔。刑事に恋人がいたら、そんなに不思議なの？　一体、あの女は毎日何を考えて暮らしてるんだか。

もう少し何かまとまったことを考えたい、嵐《あらし》のように荒れ狂わずにいられない少女のことを考えたいと思ったのに、次の瞬間には、すとんと眠りに落ちていた。目が覚めたのは、ちょうど深夜の十一時を回った頃だった。十時間近くも眠ったお陰で、頭はすっきりしている。貴子は、少し考えた後で、八十田に電話をした。

「これから行ってみようと思って。ああいう連中は、夜中に動き回る可能性の方が高いでしょう？　それに、もしも本当に娘の仕業だとしたら、やっぱり父親のことが気がかりだと思うんですよね」

寝ぼけた声で出てきた彼に告げると、案の定、八十田は「だったら、俺も行く」と答えた。待ち合わせの時間と場所とを決めて、貴子は素早くシャワーを浴び、レザースーツを着込んだ。暮れのこんな時刻は、さぞかし寒くて辛《つら》いと思う。だが、どう考えても、バイクの方が小回りが利《き》く。

深夜のこんな時間に出かけるのは、実に久しぶりのことだった。部屋を出るとき、貴子は、鉄製の扉をそっと閉めながら、ふと前の冬のことを思い出していた。夜明け前に電話で呼ばれて、外に出ると雪が降り始めていたことがあった。あの時の寝不足、疲れ方に比べたら、今日などはどうということもない。

駐車場に駐《と》めてあるＸＪＲのエンジンが暖まるのを待つ間、貴子は、改めて米屋の話を思い出していた。数分後、愛車にまたがると、駅に向かう道をゆっくりと走り出す。少し行った角に、外壁に煉瓦《れんが》風のタイルを使用している家がある。その門柱に「小峰」という表札が掲げられていることは、このところ通勤途中に確めていた。貴子は、その家に差し掛かったところで、いったんバイクを停めた。静かなアイドリングの音を聞きながら、見上げると、小峰家は幾つかの窓に明かりを灯《とも》している。少しばかり耳を澄ませてみたが、今夜は娘は暴れていないのかも知れない。少なくとも貴子の耳には、何も届いてはこなかった。何となくほっとしながら、貴子は再びギアペダルを踏み込み、北川の家を目指して走り始めた。

「何だ、バイク？　根性あるなあ」

待ち合わせの場所に着くと、先に到着していた八十田は、車の窓から顔を出して、呆《あき》れたように貴子を見上げてきた。そして、目指す相手が現れるまでは、自分の車に乗っていた方が良いのではないかと言った。貴子は素直にバイクのエンジンを切り、八十田の隣に乗り込んだ。

「俺が着いたのが二十分くらい前だけど、今のところ、変わったことはない。今日は、北川の女房も戻ってきてるみたいだけどな」

八十田は、あまり眠っていないのだろうか、わずかに目を充血させている。貴子はヘルメットを被《かぶ》ったまま、シールドだけを開けて、北川家を眺めた。八十田の車には、持ち主には似合わないクラシックのピアノ音楽が静かに流れている。柔らかい旋律が、冷え込んできている夜気に溶けていくように感じられて、貴子は少しばかり感傷的になりそうな自分を感じた。

——近所の米屋に、見栄《みえ》を張るなんて。

相手をやり過ごすにしても、もう少し適当な言葉があったと思う。なぜ急に、あんな言い訳が口をついて出たのかと思うと、何ともわびしい気持ちになってくる。結局は、貴子自身がそれを望んでいるからだ。この際、認める必要がある。職場と家を往復するだけの毎日では不満だと、常に心のどこかで思い続ける存在を求めていると。

「——咄嗟《とっさ》の言い訳っていうのは、本当に難しいわ」

つい、ため息混じりに呟《つぶや》くと、八十田が「え」と言いながら顔を近付けてきた。ヘルメットのお陰で、声がくぐもって聞こえなかったらしい。貴子は、目元だけで微笑《ほほえ》み、柔らかく頭を振って見せた。それから二時間ほどは、大した会話も交わさずに、ひたすら闇《やみ》の中の北川家を眺めていた。

6

変化があったのは、午前三時近くだった。闇の中を動く影を先に見つけたのは八十田の方だった。「おい」と言われた直後、貴子もその影に気が付いた。誰かが歩いてくる。街灯の下に差し掛かってくると、それが、両手をズボンのポケットに突っ込み、白い息を吐きながら歩く、茶色い髪の人物だということが分かった。意外だったのは、その髪が想像していたのとは異なる、背中まである長いものではなかったことだ。

「男か？」

八十田が囁《ささや》く。貴子は「女だわ」と答えた。だぶだぶのズボンをはいているし、髪も短いが、全体の雰囲気からすると、男ではない。

「一人、か」

だったら、それほど慌《あわ》てることはない。第一、相手は子どもなのだ。注意深く接する必要があった。手早くヘルメットを脱ぎ、息を詰めて見守っていると、その人物はためらうことなく北川家に入っていった。玄関先に明かりが灯る。貴子と八十田とは顔を見合わせ、そっと車から降りた。北川家に近付くと、何かが聞こえてくる。塀《へい》の傍に立ったとき、「うるせえっ」という怒鳴り声が耳に届いた。それに、北川の妻らしい声が何か言い返している。

「関係ねえって、言ってんだろうっ!」

それは、明らかに女の子の声だった。まるで悲鳴に近い、泣き叫んでいるような声だ。

「あんな奴《やつ》、死んじまえば、よかったんだ!」

「……、……!」

「知らないって、言ってんじゃねえか!」

「……、……!」

「だったら、警察にでも何でも、突き出せば、いいんだ!」

貴子と八十田とは、闇の中で目を見合わせた。遠くから見ただけだったが、少女は、決して大柄ではなかった。寒そうに首をすくめて歩くシルエットは、まるで迷子の子どものような頼りない印象を与えた。だが今、とぎれとぎれに聞こえてくる怒鳴り声は、こちらの背筋が寒くなるほどの凄《すさ》まじさに満ちている。

「――どうする」

「――今、家の中に踏み込んだりは、出来ないでしょう」

貴子が白い息を吐きながら答えたとき、家の中からどすん、というような音が聞こえてきた。さらにしばらくすると、今度はガラスの割れるような音。やはり、母親と思われる声が、何か言っている。

「おまえが悪いんだ！　だから、お兄ちゃんも出ていったんじゃないか！」

「………、………！」

「うるせえっ！」

　こちらが息を呑《の》む程の勢いだった。やがて近所の家の幾つかに明かりが灯り、中には窓を開けて、様子を窺《うかが》っているらしい家まであるのを、貴子は何とも情けない気分で眺めていた。

　さらに五分ほども、そんな音が続いた後で、ふいに玄関の扉が開かれる音がした。

「みいちゃん、みさきっ！」という、今度ははっきりした声が聞こえてきて、次の瞬間、闇の中に、少年のように髪を短くした少女が飛び出してきた。彼女は、貴子たちに気付くと、一瞬ぎょっとした表情になり、それから一目散に駆け出そうとした。だが、八十田の腕が伸びるのが一瞬早かった。数メートルも行かないところで、少女は八十田に腕をおさえられ、身動きできない状態になった。

「痛えんだよ、離せ、この野郎っ！」

　夜更《よふ》けの町に、悲鳴のような声が響いた。それを聞きつけて、北川の妻が家から飛び出してきた。パジャマの上からガウンを羽織った格好で、彼女は「みさき！」と叫びながら、娘に取りすがろうとする。今度は貴子が、その母親の腕をおさえた。

「お嬢さんですか」

耳元で囁くように言うと、母親は怒りに燃えた眼差《まなざ》しで貴子を睨《にら》み付け、「離してください っ」と言う。だが、貴子は彼女の腕を離さなかった。

「みさきちゃんていうのか。ちょっと、話を聞かせてもらえないかな」

「おめえなんか、知らねえよ！」

「お母さんは、ご存じだよ」

そう言った途端、貴子の摑《つか》んでいた母親の腕から、急に力が抜けた。彼女は、その場に座り込みそうになりながら、声を上げて泣き出した。

「とにかく、お宅に入りましょう。ご近所に聞こえます」

貴子は泣き崩れる母親の耳元で囁き、八十田の方を見た。長身の同僚に比べれば、世の中の大半の人間は小柄に見えるものだが、それにしても、彼が抑えている少女は、あまりにも小柄で、幼く見えた。

母親を抱きかかえて北川家に一歩足を踏み入れた途端、貴子は息を呑みそうになった。玄関ホールの正面にあるガラスの扉には大きなひびが入り、その奥にあるらしいリビングも、いかにも無惨《むざん》に荒れ果てているのが見えたからだ。玄関先で、貴子の手から離れた母親は、そのホールの床に座り込んで、両手で顔を被《おお》ってしまった。

「――何で、こんなことに――」

嗚咽《おえつ》と共に、そんな言葉が洩《も》れてきた。貴子は、どう言えば良いのかも分からないまま、みさきと呼ばれていた少女の方を見た。抵抗しても無駄だと観念したらしい少女は、改めて見ると、黒目がちの可愛《かわい》らしい顔立ちをしている。だが、とにかく化粧が濃くて、しかもひどく肌荒れしており、年齢も性別も不詳の、不思議な生き物のようにも見えた。

「昨日、お父さんが誰かに襲われて、大怪我《おおけが》をしたのは、知ってるかい」

八十田が丁寧に質問をする。だが、少女はそっぽを向いたまま、答えようともしない。

「頭蓋骨にひびが入ってた。それから、肋骨が二本と、手と足の骨も一本ずつ折れててね」

「へえ」

「僕らが駆けつけたときには、血塗《ちまみ》れになって倒れてたんだ」

「あ、そう」

「ひょっとして、助からないんじゃないかと思うほどだった」

八十田が話しても、北川みさきは、まるで動じる様子もなく、すっかりふてくされた表情のままだ。その間も、母親の方は、ずっと嗚咽を洩らし続けている。

「お母さんだって、さぞかし心配してね、昨夜《ゆうべ》は大変だったろうと思うよ」

「関係ないね」

「君、昨日は、友だちの家に行ってたんだって？」

そこで初めて、みさきはこちらを見た。母親を見、続いて貴子と八十田とを見て、彼女は、わずかに口元を歪《ゆが》めて笑っている。化粧のせいもあるのだろう、まるで悪魔のような笑顔だと貴子は思った。

「アリバイって、わけ」

「まあね」

「そんなの、ないよ」

「ないか」

「ないね」

「だって、友だちの家に泊まったんじゃないのかい？」

そのとき、泣き崩れていた母親が、ふいに顔を上げて「そうです！」と言った。

「お友だちの家に泊まりにいってたのよね？　そうね、みさきちゃん？　ちゃんと、お話ししなさいっ」

今度は、すがりつくような表情で、彼女は娘の腕を摑もうとする。だが、みさきはそれを振り払った。

「お話しして、みさき！　あなた、お友だちの家に行ってたって！」

母親が、悲鳴に近い声を上げた。その途端、娘は「うるせえっ」と怒鳴り声を上げた。さっき、家の外から聞いていたのと、まったく同じ声だ。そして、彼女は燃えるような瞳《ひとみ》で貴子を睨み付けてくる。

「そのばばあ、何とかしてくんない？　そしたら、話してやっても、いいからさ」

「じゃあ、よそに行って話すか？」

八十田が、静かな口調で言った。少女は腕を摑まれたまま、顎《あご》をしゃくるような頷き方をした。貴子は、母親から離れて、今度はみさきの腕をとった。その途端、再び母親が取りすがってくる。

「待って下さいっ、その子は、何も知らないんですってば！　みさき、どうしてお話ししないのっ、ちゃんと言ってちょうだいっ」

「それを、きちんとうかがうだけですから。落ち着いて下さい」

貴子はそれだけ言うと、八十田と共に少女を挟むようにして家を出た。母親がなおも追いかけてくるかと思ったが、今度は、彼女は追いかけてはこなかった。

「お母さんも大変じゃない？　お父さんはあんな怪我をなさるし、あなたが、こんなふうだったら」

バイクは後で取りに来ることにして、八十田の車の後ろのシートに少女と並んで乗り込むと、貴子はまず話しかけた。少女は、すっかりふてくされた様子で、逃げるつもりもないらしい代わりに、素直に話に応じるふうでもない。ぼんやりと流れる景色を眺めながら、ただ一度だけ、彼女は小さくため息をついた。毒々しい化粧を施されている小さな横顔は、貴子の目には、随分孤独そうに見えた。

7

北川末沙希《みさき》が、仲間と共謀して自分の父親を襲ったことを認めたのは、署について間もなくだった。しかも、一連のひったくり事件も、自分と「彼氏」の犯行だと、彼女はあっさりと認めた。長い髪を切ったのは、父親を襲った直後のことだったという。前々から目立つと言われていたこともあって、そこから足がついては困るからと、「彼氏」が切ってくれたのだと、十七歳の少女は実にけろりとした表情で答えた。

「お父さんだって分かってて、あんなことをしたの？」

　正式な取り調べは担当の刑事に任せるにしても、ある程度の話を聞くために、貴子は八十田と二人で、少女と向き合った。自分の犯行を認めはしたものの、末沙希の表情には、反省も、後悔の色も浮かんではおらず、彼女は「まあね」と言っただけだった。

「どうして？」

「あの人、いつでも結構まとまった金、持ってるし」

「それだけ？」

「よその親父《おやじ》を狙《ねら》うより、まだましかなと思ったし」

「それから？」

「――あんな奴、死んじまえばいいと、思ったから」

無表情に答える少女を眺めながら、貴子は、背筋が寒くなる思いだった。自分自身はいつまでも若者に近いつもりだが、この十七歳の少女の気持ちが、まるで分からない。どうしてそこまで憎むことが出来るのか、何がきっかけで、そんなことになったのかが、貴子には理解出来そうになかった。

「お父さんが、嫌いなの？」

「嫌い」

「どうして？」

「どうしても！」

そして、それきり未沙希は口をつぐんでしまった。この先の取り調べは、担当の刑事の仕事になるだろう。貴子たちは、ホシを捕まえた割には、期待していた爽快感《そうかいかん》も達成感も得られないまま、取りあえず北川家に戻った。貴子のバイクが置きっ放しになっていたし、未沙希の母親に対しても、他の警察官から連絡が入る前に、ある程度の説明が必要だったからだ。

その日、通常の仕事時間になると、貴子と八十田とは、チームの他のメンバーから、「薄情」「水くさい」「身勝手」と、さんざん非難されることになった。中でも富田は、四角い顔を紅潮させ、いかつい肩をよけいにいからせて、ぷりぷりと怒り始めた。

「何だよ、二人だけでこそこそして。あ、ひょっとしたら、おまえたち何かあるんじゃないんだろうな」

勘に頼って動いていたから、確証が摑めなかったのだといくら説明しても、彼は納得しようとせず、ついにはそんなことまで言い出す始末だった。

「また、もう。おっちゃんが怒りますよ」

八十田が取りなすような口調で言った。それでも、富田は、疑わしげな表情で貴子と八十田とを見比べている。貴子は、そんな視線には気付かないふりをしながら、努めて淡々と一日を過ごした。男のくせに小さなことをいつまでも言い続けるなと、本当なら言ってやりたいところだった。こういう時、女は損だ。

その日の午後には、北川光安も、自分を襲ったグループに娘が加わっていたことに気付いていたと認め、妻と相談して、知らぬ存ぜぬで通そうということに決めたのだと証言した。

「そんなことを言えると思いますか。実の娘が自分を殺そうとした、仲間と一緒になって、殴る蹴《け》るの暴行を働いたなんて」

怪我のせいで発熱していた北川は、病院のベッドで喘《あえ》ぎながら言ったという。同様に北川の妻も、世間体、子どもの将来などを考えて、誰にも言うまいと決めたのだと言った。

聞けば、北川未沙希は、高校一年までは、ごく普通の娘だったという。成績も優秀、性格も明るく、親に対して反抗的な態度をとったことなど一度もなかった。それが、高校一年の夏休みが過ぎた頃から、行動に変化が見られるようになり、後は坂道を転げ落ちるように非行に走った。

「私たちには、何が何だか分からないんです。急に、あんなふうになって、しかも、ひったくりまでしていたなんて」

少女の母親は泣きながら、そんなことを言っていた。早期解決はしたものの、何となく気が重くなるヤマだったと思いながら、貴子はその日を過ごした。

定時で仕事を終え、帰宅途中には吉祥寺の街で、何軒かの不動産屋に寄った。とにかく現在のマンションは、もう出ると言ってしまってある。何としてでも年内に部屋を見つけなければ、正月早々、寒々しい気持ちで不動産屋回りをしなければならない。貴子は、慌《あわ》ただしく街を歩き回り、一時間ほどで、いくつかの物件を探しだした。少し考えたいからと、部屋の間取り図をコピーしてもらって、再び電車に乗る。明日はまたもや泊まりの日だ。そして、クリスマス・イブだった。

——仕事を言い訳に出来て、よかった。

少しばかり情けないが、そう思う。そして、新年が来て、やがて春が来る。その前に、さっさと引っ越しを済ませたら、また気分も変わるだろうなどと考えながら、ふと、向かいの座席に座っている男性に目が留まった。年の頃は、四十五、六といったところだろうか、中肉中背の、ごく普通のサラリーマン風の男は、額に白い包帯を巻いている。貴子は、その包帯から目を離すことが出来なくなった。

もしやと思って気を付けていると、男は案の定、貴子と同じ永福町で電車を降りた。重い、辛《つら》そうな足取りで、男はわずかばかり前屈《まえかが》みになりながら、ゆっくりと貴子と同じ方向に歩いていく。貴子は、その後ろ姿を見つめて歩き続けた。声をかけてみようかと思う。早く手を打った方が良くはないですか、取り返しのつかないことになりはしないですかと、言った方が良いのではないだろうか。だが、「余計なお世話」と言われてしまえば、それまでだ。それでは、米屋と変わりがない。

——違うわ、興味本位で言ってるんじゃない。

貴子が、そう結論を下しかけたとき、男は「小峰」という表札の出ている家にさしかかった。慌てて後を追おうとしていると、だが男は、そのままオレンジ色の家の前を素通りして、次の角を左に曲がってしまった。貴子は、自分が早とちりしていたことを悟り、思わず苦笑した。嫌だ嫌だと言いながら、結局は自分も毒されてるのだと思った。

〈もしもし、お姉ちゃん？　智子です。お母さんから聞いたけど、引っ越すんだって？　もう部屋は決まったのかな。ねえ、今度こそ、私も一緒に住まわせてもらえないかと思ってるんですけど、駄目？　また電話するけど、考えておいてね。あ、うちには電話しないで、皆がいるところだと話せないから。特に、お父さんがうるさいんだ。最近、すごく口うるさくなってきたんだよ、もう、嫌になるくらい。コーコ姉ちゃんだって、年中、喧嘩《けんか》してる〉

家の留守番電話には、下の妹からのメッセージが録音されていた。貴子は、口うるさい父の姿など想像できなかった。貴子にとって口うるさいのは、常に母の方なのだ。

──喧嘩するくらいなら、いいけど。

大きなあくびをしながら、貴子は智子からのメッセージを二度繰り返して聞き、それから風呂《ふろ》に入って簡単に夕食を済ませ、さっさと眠りについた。

「ええ、もう決めちゃったの？　私、一緒に住まわせてもらいたかったのに！」

数日後、仕事の合間に妹の職場に電話をかけると、智子はいかにも地団駄《じだんだ》を踏んでいるような声でそう言った。

「何で、前もって教えてくれなかったのよぉ」

「あんたに利用されたくなかったからよ」

貴子は澄ました声で答えた。以前、智子は妻子のある男とつき合っていたことがある。それが親にばれて、ちょっとした騒ぎに発展したときも、妹は貴子と暮らしたいと言った。だが、家の手伝いさえ滅多にしないような妹が、家を出たいなどと言い出すときには、必ず何かの下心があることを、貴子は十分に知っている。

「お姉ちゃんは知らないだろうけど、本当、最近のお父さん、すごいんだから」

「あんたたちのことが心配だからでしょう？」

「それにしたって、うるさすぎるの。ねえ、ちょっと耄碌《もうろく》してきたんじゃないかな」

「まだ、そんな年じゃないわよ」

とにかく、一緒に暮らすのはお断りだと念を押して、貴子は電話を切った。本当に父が老《ふ》け込んできたのかと思うと、少しばかり気が重かった。

貴子が引っ越したのは、正月も明けて間もなくの休日だった。凍《い》てつくような寒さの中で、運送屋と共に荷物を運んでいると、否《いや》が応でも二年前のことを思い出す。だが、あの時とは気持ちが違っている。二年前は、すべてを切り捨てるための引っ越しだった。今度は、新しく始めるための引っ越しだ。

「あらまあ、お引っ越しなさるの？」

最後の荷物を積み込んでいると、目ざとく見つけてきたらしい米屋の女房が、小走りに近付いてきた。貴子は、彼女に初めて見せると思うほど晴れやかに笑って、「お世話になりました」と心にもない挨拶《あいさつ》をした。

「嫌だわ、残念だわぁ。せっかく素敵な方とお近づきになれたと思ってたんですよ」

米屋は、心底残念そうな顔で呟《つぶや》き、それから思い出したように、近所の小峰家の噂《うわさ》を始めた。それによれば、毎晩のように暴れていた娘は、どこかの施設に行ったという。

「奥さんなんか、若返ったみたいですよ。やっぱり、ほっとなさったんでしょうねえ」

そんな会話を最後に、貴子は永福町を後にした。新年の空が、薄く、青く広がっていた。

花散る頃の殺人

1

開け放った窓から吹き込む風が、汗ばんだ額を柔らかく撫《な》でる。揺れるレースのカーテンを透かして、外には闇《やみ》が広がり、時折、公園の向こうを走る電車の音が聞こえてきた。この季節の風は、どうしてこうも心を騒がせるのだろう、土と緑と花々の匂《にお》いの他に、何が混ざっているのだろうか。片手にグラスを持ったまま、音道貴子はソファーに寄りかかって、心地良く酔っている頭を大きく後ろにそらした。

「――ああ、食べたわね」

ため息混じりに呟《つぶや》くと「本当」という答えが返ってきた。

「いくら何だって、作りすぎなのよ」

貴子は、重たく感じる頭をようやく持ち上げて、前を見た。頬を紅潮させている妹の智子が、深々と息を吐き出して「餃子《ぎょうざ》ばっかり」と続けた。

「あんなに山ほど作っちゃって、これでもよく食べた方よ。私が来なかったら、どうするつもりだったの」

いる。

「別に。少しずつ冷凍しておけばいいじゃない」

智子は呆《あき》れたような表情で「なるほどね」などと言いながら、大きく眉《まゆ》を上下させて
「これ、ニラかニンニクが入ってたら、明日は誰にも会えなかったわ」

「だから、その分、ショウガをきかせたの。私は明日も仕事だもの、そんな匂いさせて、行かれないわ」

夜勤明けの今日、貴子は昼過ぎに自宅に戻り、いつになく張り切って餃子を作り始めた。正月明けに越してきたこの部屋は、新築ということもあるのだろう、六畳ほどの台所は明るく機能的に出来ていた。お陰で、以前は外食や出来合いのものばかりで食事を済ませていた貴子は、実に久しぶりに、流しに向かいたいと思うようになった。

「でも、そのうち餃子なんて見るのも嫌になってたと思うな」

「多分ね」

一人分の食事を作るのは、手間ばかりかかる割に、思ったよりも不経済だ。だから、食材を余らせないためにも、どうしても多めに作ることになってしまう。今日も、餃子を作り始めたのは良いが、挽肉《ひきにく》と刻んだ野菜とを混ぜ合わせた段階で、予想よりも遥《はる》かに大量の餃子が出来上がりそうなことが分かって、内心で慌《あわ》てていたところに、タイミング良く妹から泊まりに来たいと電話が入った。餃子の皮を買い足さなければと考えて

いた貴子は、いつになくあっさりと妹が来ることを認めた。

「ね？　だから、こういうとき、私がいると便利でしょう？」

「往生際《ぎわ》が悪いわねえ。まだ、諦《あきら》めてないの？」

五歳下の妹は、前々から浦和の実家を出たがっている。貴子がこのマンションに引っ越したときも、同居したいと言ってきていたのだが、貴子はそれを無視した。今も、智子は未練たっぷりの表情で室内を見回している。以前の住まいに比べて、台所は狭くなったものの、確かに今度のマンションは和室と洋室の二部屋がある。新婚カップルくらいならば、仲良く暮らせるスペースだった。

「それより、あんた、どうして急に来たいなんて言い出したの」

「特に理由なんかないわよ。仕事の帰りに寄った方が楽だし、私、明日は休みだし。家でぼうっとしてたくなかったから」

「――例の人とは、どうなった？」

昨年から気になりながら口に出来なかったことだった。努めて静かな表情で妹を見ると、智子は、ちらりとこちらを見て、また手元のグラスに目を落とす。

「どうって――どうにも、ならない」

智子は昨年の春先に、睡眠薬を大量に飲んで、ちょっとした自殺騒ぎを起こしたことがある。家を出たがっているのも、そんな真似《まね》をしたのも、すべては一人の男のせいだった。家庭のあるその男の言葉を信じて、子どもまで堕《お》ろした智子は、こうして向かい合っていれば、幼い頃と変わらなく見えるのに、やはり、確実に大人の女になりつつあった。

「まだ、つき合ってるわけ」

「そうでも、ない——たまに逢《あ》うけど、もう前みたいな感じじゃないわ」

「はっきり、させてないの？」

貴子はあからさまに苛立《いらだ》った声を出した。智子は餃子を頬張っていたときとは別人のような、憂鬱《ゆううつ》そうな表情になり、そう簡単にはいかないのだと言った。

「もちろん、嫌いじゃないからだけど——でも、私だけあんな目に遭って、あの人の方は何ごともなかったみたいに家庭に戻るっていうのも、何だか癪《しゃく》な気がするじゃない？」

貴子は、自分の妹がそんなことを言うとは考えてもみなかったから、意外な思いで、意味の分からない笑みを浮かべている智子を見た。愛が憎しみに変わりつつあるのを自覚しながら、彼女はそれでもまだ、その男から離れられないというのだろうか。諦めきれない思いを引きずりながら、彼女はどういう日々を過ごしているのだろうかと思う。

「ただの浮気相手として、便利に使われて捨てられるなんて、あんまりでしょう？」

「また。変な復讐心《ふくしゅうしん》なんか、起こすんじゃないでしょうね。やめてよ、痴情のもつれとか新聞に書き立てられるような真似」

眉をひそめて言うと、智子は「まさか」と笑っている。だがそれは、やはり貴子には窺《うかが》い知れない、暗い淵《ふち》から覗《のぞ》くような笑顔にも思われた。貴子は、妹が手みやげに持ってきたあんず酒のソーダ割りを口に含みながら、思わずため息をついた。また一年が過ぎたのだと、改めて思う。その前の一年は、貴子は離婚の痛手を抱えて、毎日を必死の思いで過ごしていた。初めての離婚記念日が来るのが怖くて、その日をどう乗り越えたものかと、じたばたしていたと思う。

結果的には仕事に忙殺されている間に、離婚記念日などやすやすと乗り越えて、新しい一年が始まった。そして、離婚してちょうど二年が過ぎたところで、貴子は現在のマンションに引っ越したのだ。最近では、苦かった日々を思い出すことも滅多になく、新しい季節を迎えても、さほど感傷的にならずに済むようになった。

「それより、早く次のことを考えた方がいいじゃない」

「考えてるわよ。考えてるから、家を出たいって言ってるんじゃない。家にいると、いつまでたっても何も変わらないような気がするんだもの。お父さんもお母さんも、私のことを監視してるみたいで、とにかくやたらと口うるさいし」

「あんたのことが心配だからでしょ」

「お姉ちゃんは、分からないのよ。本当に何回も言うけど——」

「だけど、私にはそんなに口うるさくないもの。家に帰ったときだって、前と変わらないわよ」

「だ、か、ら。たまにしか会わないから、分からないんだったら」

智子はさもうんざりしたように言い、グラスに残っていた甘い酒を勢い良く飲み干した。貴子は、黙ってあんず酒のボトルに手を伸ばし、金色の、香りの豊かな酒を妹のグラスに注いでやった。

「行子《ゆきこ》も同じこと、言ってる?」

「知らない。コーコ姉ちゃんなんて、家になんか寝に帰ってくるだけだもの。だから余計に、私のところにしわ寄せが来るんだな」

「あの子、相変わらず帰りが遅いの?」

「もう、ずっと。頑固で、気むずかしくて。最近は滅多に顔も見ないし、たまに何か聞いたって、満足に返事もしやしないわ。本人に言うと怒るけど、コーコ姉ちゃんてお父さんと一番似てると思わない?」

ああ、だから末っ子って損なんだ、という妹のぼやきを聞きながら、貴子はもう一人の妹のことを思った。仕事が忙しいのか、付き合っている人がいるからか、智子よりも三歳上の妹が、このところずっと帰宅が遅いということは、貴子も母から電話で聞いている。だが、よほどのことがない限り、電話も寄越さない行子とは、貴子も何となく疎《そ》遠《えん》になりつつあった。前々から何を考えているのか分からないようなところがあった彼女は、智子の言う通り、頑固で意地っ張りで、少しばかりへそ曲がりだった。

「ねえ、お姉ちゃんから、何とか言ってくれない？　お父さんに」

「何を」

「だから、私を独立させてやったらって」

「懲《こ》りないわねえ、まだ言ってる」

「だって、私、本気なんだから」

あんずの酒は香りは良いが、ひどく甘くて、本当は貴子の口にはあまり合わない。だが、ソーダで割って飲むと、それなりに爽《さわ》やかな口当たりだった。花のような香りが鼻《び》腔《こう》を刺激して、暖かい春の夜風と共に、身体《からだ》の中を吹き抜けていくような気がする。その香りに浸りながら、貴子はふと、昨年訪ねたあんず畑のことを思い出した。

「ねえ、私も家賃を負担すれば、お姉ちゃんだって、もっと広い部屋にだって住めるじゃない」

冗談ではない。年明け早々越してきて、ようやく春を迎えたところなのだ。今度こそ一人暮らしを満喫するつもりで、荷物も全部梱包《こんぽう》を解き、新しい家具も買った。第一、限られた予算の中で、忙しい仕事の合間を縫って、車とオートバイを停めておける駐車場のついているマンションを探すだけで、貴子は相当の労力を費やした。妹のわがままのために、すぐに引っ越すつもりになど、到底なれるはずがなかった。

「だから、前にも言ったでしょう？　そんなに独立したいんなら、お姉ちゃんをあてにしないで、一人で暮らしたらって」

「——だったら、本当にそうするからね」

ずいぶん酔いが回ってきたらしい智子は、火照《ほて》った頰を膨らませ、口を尖《とが》らせてこちらを睨《にら》んでいる。貴子は澄ました顔で「どうぞ」と答えておいた。甘えん坊でちゃっかりしていて、家のことなど何一つ出来ない智子は、決断力という点では誰よりも弱い。さらに三人姉妹の中で一番のケチだった。いくら一世一代の大決心をしたところで、一人暮らしがどれくらい物入りかということが分かったら、彼女はそう簡単に独立などしないに決まっていた。

2

古ぼけた壁紙は、よく見れば細かい花柄模様がプリントされていた。正方形に近い室内は、二つのベッドがそのスペースの大半を占めており、ベッドの足元に、申し訳程度の応接三点セットが置かれており、あとは部屋の片隅に、作りつけの化粧台が置かれている。その化粧台の上のあたりに棚板が取り付けられていて、最近では滅多に見かけない旧型の赤いテレビがのっていた。それらのすべてを、室内の雰囲気とは不釣り合いな、籐《とう》製のランプシェードに包まれた電球の黄色い光が照らしている。わずかばかり残ったスペースに倒れている二人の人間も。

「――アベックっていったって、こりゃあ――」

先に部屋に入った八十田が絶句するように言った。大柄な彼が目の前に立つと、貴子にはほとんど何も見えなくなる。それでも、彼の陰から身を乗り出してみた貴子の目には、二つのベッドの隙間《すきま》の床に倒れているらしい人間の二本の足と、さらに八十田の正面に、また別の人間のものらしい腕が見えただけだった。

窓には厚手のカーテンが引かれたままになっている。外は春の光に満ちているというのに、この部屋にだけは昨夜の闇の余韻がまだ残っているように感じられた。さらに身を乗り出した貴子の気配に気付いたのか、八十田がやっと一歩前に出た。鑑識が来るまでは、現場保存を心がけることはもちろんだが、それでも、機動捜査隊の任務として、彼らが本当に死亡しているのかどうかを確認し、変質、または移動などのおそれのある捜査資料の保全に努める必要がある。八十田がベッドの隙間の方に行くと、貴子の目には、仰向けに倒れている人の姿が飛び込んできた。

「若い人じゃ、ないの？」

ほとんど真っ白といって良いほどの髪で、茶色いブラウスにえんじ色のスカートを身につけているその人は、どう見てもうっかり転んだとは思えない姿勢で、虚《むな》しく宙を見つめていた。ひどく痩《や》せて、小さな老女だった。

「そっちは？」

「こっちも、かなりの年齢だな。夫婦じゃないか？」

貴子は、わずかに上体を屈《かが》めるようにしながら八十田の方を見た。ベッドの隙間に倒れているのは、モスグリーンのポロシャツにグレーのズボンという服装の、やはり痩せた老人だった。いずれも靴の代わりにスリッパを履いている。部屋の入り口の方を振り返ると、バスルームだろうと思われる扉の脇《わき》に、男物と女物の靴が、二足、きちんと並べられていた。

「出血もしてないし、首を絞められたようなあともない」

八十田が声をひそめるように呟く。彼が熱心に男性の死体を観察している間に、貴子も改めて手前の女性の観察を始めた。やはり出血もしていないし、首に索条痕《さくじょうこん》も見受けられなかった。年齢は七十代の後半というところか、首が異様に細く、顔も細かい皺《しわ》に包まれているが、中でも眉間《みけん》に深いたて皺を寄せていて、何か疲れた顔に見えた。見開かれた目は、明らかに瞳孔《どうこう》が散大している。だが、その下唇だけが、何かを塗ったかのように異様に赤く光って見え、さらに、その口元から一すじ、涎《よだれ》が垂れているのが目にとまった。首を絞められた形跡もないのに、涎が出るとはどういうことかと、貴子は死体に顔を近付けた。すると、死体の口元から、鼻腔を刺激する匂《にお》いがした。

「——この匂い」

呟《つぶや》きながら顔を離すと、八十田も同様に男のホトケに顔を近付け、難しい表情を傾《かし》げた。

「どっかで嗅《か》いだことがあるような——何の匂いかな。こう、甘酸《あまず》っぱいような」

「あんずだわ」

「あんず？」

もう一度顔を近付けてみる。間違いなく、死体の口元から匂っているのは、つい昨晩、妹と酌《く》み交わしたあんず酒と同じ匂いだ。

「あんず食って、中毒死したのか？」

八十田が、どうも合点がいかないという顔を見せる。貴子は、取りあえず立ち上がり、肩から掛けていたカメラを構えた。室内や死体の様子を出来る限り写真撮影しておくのも、現場に先着した捜査員に任されている重要な措置だ。

「お宅が、第一発見者ですか？」

部屋の入り口近くに戻った八十田の声が聞こえてくる。

「いや、私じゃなくて掃除の人です。シーツの交換をしようと思って、フロントから電話を入れたんですが、ちっとも出ないし、キーは預かってませんでしたから、それで、じゃあ、マスターで入ったらって、私が言いまして」

貴子はカメラのファインダーをのぞき込み、シャッターを押し続けながら、背後で交わされる会話を聞いていた。

「ほら、フロントに鍵《かぎ》を預けずに出かける方もいますしね。ここのお客様は、たいがい毎朝九時か十時にはお出かけになりましたから」

部屋の外が騒がしくなった。写真を撮り終えた貴子が部屋から出ると、ちょうど、貴子のチームの藤代《ふじしろ》主任と富田刑事がほとんどはげかかっているカーペットを踏んで、足早に近付いてくるところだった。二月の定期異動で、前任の芳賀主任に代わって新たに貴子たちのチームにやってきた藤代主任は、人柄は悪くはないのだろうが、とにかく酒が入ると人が変わったようにしつこくなる。暇さえあれば部下を誘って酒を飲みたがり、ひとたび酔えば、毎回同じ「人の道について」という話ばかり聞かせるしつこさには、貴子だけでなく八十田も富田も、実は早くも辟易《へきえき》していた。四十二、三歳というところだろうか、体格に比べて貧相な、尖った顔の輪郭をしており、奥まった小さな目と、ぱくぱく動く大きな口という、あまりバランスのよくない顔立ちの男だった。その顔立ちと、しつこさを併せて、貴子は秘《ひそ》かに「ウッボ」と名付けた。

「まだ分かりませんね。ちょっと見た感じでは、外傷はないんですが」

八十田の返答に、ウツボは手袋をはめながら大きく頷《うなず》き、富田刑事を伴って部屋に入っていく。機動捜査隊の幹部は、所轄署《しょかつ》の捜査担当者が到着するまでは、現場指揮の任務を行うことになっている。

「ありゃあ、何かの毒物かも知れんな」

数分後に廊下に出てきたウツボは、それだけ言うと微《かす》かにため息をつき、少しの間、小さな奥目をきょときょとと動かしていたが、やがて、貴子たちと外勤の警察官に捜査の指示を始めた。現場は鑑識の到着を待つとして、所轄署への連絡はもちろんのこと、第一発見者、通報者などの周辺への聞き込み、報告連絡責任者を始めとする、各担当責任者の指定、現場捜査連絡所の設置など、やらなければならないことは山ほどある。

「遺書でも見つかれば別だが、今の段階では、他殺の線が強いな」

「室内は特に荒らされてる形跡はないですけど」

「覚悟の自殺なら、ちゃんとベッドで死ぬだろうよ」

ウツボも、こういう場面ではそれなりに厳しい、また興奮した表情を見せる。その上司と八十田の会話を聞きながら、貴子は、気持ちが滅入《めい》るのを感じていた。

——どっちにしたって、どうしてこんな場所で。

立川の外れにある、古いビジネスホテルだった。ガイシャが夫婦なのかどうかは別としても、熟年と言って良いような男女が泊まるには、あまりにも質素で侘《わ》びしいと思う。他殺ならば無論のこと、自殺、心中事件だとしても、それなりの年月を経てきた二人が終焉《しゅうえん》の地として選ぶには、淋《さび》しすぎるのではないかという気がしてならなかった。

やがて、鑑識と同時に所轄署の強行犯捜査係が到着し、外勤の警察官たちは建物の外にロープを張り巡らして、あたりは物々しい雰囲気に満ちた。貴子は八十田と共にホテルの従業員から話を聞いた。

「すると、ちょうど一週間前から、あの部屋に泊まってたわけですね」

「その間、あの部屋を訪ねてきた人も、別にない、と」

「毎日、二人揃《そろ》ってどこかに出かけていたんですか」

チェックインの際に書き込まれたカードを見せてもらうと、窪谷恭造《くぼやきょうぞう》七十四歳、無職、その妻睦子《むつこ》七十五歳と書き込まれていた。住所は、新潟市。

「観光ですかとは聞いたんですが、ええとか、まあとか、曖昧《あいまい》な返事しか返ってこなかったんです。でも、いかにも仲が良さそうな感じでしたしね、毎日、寄り添って出かけて行かれるから、別に不審にも思わなかったんですが」

その従業員は、五十がらみの太った女だった。動揺しているせいもあるのだろう、矢継ぎ早に質問されて、紺色の上っ張りを着ている女は、顎《あご》の下の肉を震わせながら、目を白黒させている。

「でも、困っちゃうわあ、ただでさえ駅前の新しいホテルにお客を持っていかれちゃってるのに、死人が出たなんてことになったら、よけい不景気になっちゃうわあ」

死んだ二人のことよりも、職場の行く末のことを心配するのかと、貴子は何となく意地の悪い目で、その従業員を観察していた。

「青酸性の毒物らしい」

再び現場に戻った時には、ウッボは鑑識のチーフと所轄署の刑事課長と、三人で額を寄せあって何か話し込んでいた。彼らの背後にいた富田が、貴子たちに気付いて近付いてきて言った。

「あの、ホトケからあんずみたいな匂いがしたと思うんですけど」

貴子の言葉が聞こえたのか、鑑識のチーフがひょいとこちらを見た。

「匂い、嗅いだのかい」

「顔を近付けてみたら、そんな気がしたんですが」

「胸とか腹とか、押さなかったか」

「いえ、死体には直接触れていません」

貴子は、何かとんでもない失敗をしでかしただろうかと緊張しながら答えた。だが、鑑識課員はほっとしたような表情で「上等」と頷いた。

「青酸塩てえのは、猛毒だ。下手に腹や胸を押すと、ホトケから青酸ガスが出る場合がある。それだけで、十分中毒になる可能性があるんだよ」

その話を聞いただけで、貴子はにわかに胸のあたりが苦しくなるような気がした。

「あんたの言った、あんずの匂いってえのが、青酸塩による中毒の一つの特徴なんだ。いい経験、したな」

貴子が目を丸くしている間に、彼はそれだけ言うと、再びウッボたちと何かを話し始めた。貴子は八十田と視線を交わし、深々と深呼吸をした。青酸カリや青酸ナトリウムなどの、いわゆる青酸塩が猛毒だということくらいは知っていたが、服毒した人間から甘酸っぱいあんずの匂いがするとは、何とも不似合いな話だと思った。

3

室内に遺《のこ》された持ち物から、被害者はチェックインリストに書き込まれていた通り、窪谷恭造・睦子夫妻であることが分かった。さらに、地元の警察を通じて新潟市の住所を確認したところ、そこはアパートであり、夫妻は一カ月ほど前に、引き払っているとのことだった。

ホテルの室内には荒らされたような形跡はなかった。また、不審者を見た者もいないことから、自殺または心中の線も考えられたが、その一方で遺書などは見つかっておらず、また、死体の状況から判断しても、覚悟の自殺とは考えにくいことから、ウッボの判断通り、取りあえず他殺の線で捜査を進めることになった。その日の夜、所轄署を本部とする特別捜査本部が設置され、外勤警察官に次いで現場に到着した貴子は、八十田と共に本部に召集されることになった。

「解剖の結果、直接の死因は、やはり青酸カリによる中毒死であることが判明した」

その日の午後九時過ぎになって開かれた一回目の捜査会議において、まず、ガイシャの解剖報告が行われた。

「青酸カリ、正確にはシアン化カリウムというが、これはアーモンドの味がするという猛毒で、水、アルコール、グリセリンに溶ける。致死量は、〇・一五〜〇・三グラム、つまり、耳かき一、二杯といったところだ」

説明を聞いているうちに、半日前に見た光景が鮮やかに蘇《よみがえ》ってきた。そういえば、ホテルの粗末なテーブルの上には、二つの湯飲み茶碗《ぢゃわん》が置かれていた。恐らく、その茶碗からも青酸カリが検出されていることだろう。

——誰が、アーモンド味だって確かめたんだろう。

耳かき一杯程度で死亡する猛毒の味を確かめる人間などいるものだろうかと考えているうちに、説明はさらに進んだ。

「青酸塩が摂取されると、そのアルカリ性によって局所の粘膜には腐食性びらん、つまり、ただれだな、出血、壊死《えし》が見られ、粘膜は赤から赤褐色の粘液で覆《おお》われる。さらに、口腔《こうこう》からはぬるぬるとした涎が出ていることが多く、瞳孔は散大し、眼瞼《がんけん》結膜に充血、溢血点《いっけつてん》が見られ、独特のあんず臭がする。ホトケは二体とも、これらの特徴を有しており、さらに解剖の結果、気道、胃腸管なども赤くただれていた。正確なところはまだ分からないが、二人はおそらく湯飲み茶碗に溶かしてあった青酸カリを摂取し、その直後に意識不明に陥ったのち、一分以内に死亡したものと思われる」

一分以内に死亡したのなら、それほど苦しまずに済んだのだろうか。それにしても、せっかくこれまで積み重ねてきた七十年以上の人生が、たった一分程度で断ち切られるとは、何ともやり切れない話だと思う。

「――青酸ナトリウムと同様に、金、銀の冶金《やきん》、銅の表面硬化などに用いられるが、工業用に用いられるのは主に青酸ナトリウムの方が多く、青酸カリの方は、さらに写真の定着用などにも使用する」

「いずれにせよ、老夫婦が容易に入手できるものとは思われないな」

「まずは、入手先を洗い出すことですね」

正面に作られた雛壇《ひなだん》に納まっているお偉方たちが、口々にそんなことを言い合っている。未《いま》だに自殺の線も捨てきれないことから、本部はさほど大規模なものではなかった。それでも、警視庁捜査一課の捜査員たちが来ているし、所轄署や隣接署の刑事たちも興奮した表情で、それぞれがメモを取っている。

○ 参考人の取り調べ——目撃者その他

○ 現場を中心とした地取り、足取り、聞き込み

○ ガイシャの上京後の行動

○ ガイシャの身辺捜査・人間関係

○ 遺留品の捜査——関係者割り出し、鑑定

○ 青酸カリを扱う業者（工業関係、写真関係など）の聞き込み

ホワイトボードに書き込まれていく捜査項目を眺めながら、貴子はやはりガイシャの顔ばかり思い出していた。貴子の両親よりも、さらに年老いた二人だった。あの年齢までアパート暮らしで、しかも一カ月前にはそこも引き払い、彼らは今日という日まで、何をしていたのか、どういう行程の果てに、どんな思いで、東京の外れにあるビジネスホテルに落ち着いたのだろうか。彼らは、どんな人生を歩んできたのだろう、もしも他殺なのだとしたら、もはや弱者としか思われない老夫婦を、誰が、どんな目的で殺害したというのだろうか。

——彼らは、アーモンドの味を感じたんだろうか。

そろそろあんずの花が咲こうという季節だ。昨年の今頃、貴子が休日に思い立ってオートバイを走らせ、見に行ったあんず畑は、長野にあった。一つの里を埋め尽くすほど

のあんずは、桜とも桃とも異なる淡く可憐《かれん》な色で、舞い散る花びらはそのまま春の空に溶けていくように見えた。畑を縫うように走る細い道を進みながら、貴子は、時が止まったような感覚を覚え、同時に、自分の身体《からだ》の中にまで春が染《し》み込んでいくように感じたものだ。ちょうど、大きなヤマが解決した後で、心にぽっかりと穴が空いたような虚脱感を覚えていた頃だった。その穴に、あんずの花と春の香りが流れ込んでいった。そんな思い出があったからこそ、昨夜は妹の持ってきたあんず酒を、半ば懐《なつ》かしく味わったのだ。

だが、これから当分の間、貴子は餃子《ぎょうざ》を食べる度に、あんずの匂いと、あの夫婦の死体とを思い出すことになるのだろう。つまり、しばらくは餃子を食べる気にはなれそうもないということだ。

通常、捜査員は捜査本部に召集されると同時に、二人一組のチームを組まされる。貴子以外はほとんど全員が男性なのだし、相手によっては不愉快な思いや必要以上の忍耐もしなければならず、面倒なことこの上もないのだが、逆に好感の持てる相手であれば、ペアを組んでいる間は疑似恋愛的な気分も味わえて、それなりに楽しくもなる。今回、貴子と組むことになったのは、三十代後半の巡査部長だった。若い頃は相当なニキビに悩まされたのだろう、面長の顔は気の毒なほど凸凹《でこぼこ》で、汗ばむ季節には早いと思うのに、額を光らせていた。

水村という名の、捜査一課から来ている刑事は、案外気さくそうな表情でそう言うと、

「噂《うわさ》は、聞いてるよ」

「お手柔らかに」と細い目をさらに細めて笑った。可もなし不可もなし。笑ってくれただけ気が楽になったが、親しみが持てるというほどの雰囲気でもない。要するに、淡々と仕事をこなすには、無難そうな相手というところだ。

翌日から、具体的な捜査活動が始まった。貴子は水村と共に、鑑識から戻ってきたガイシャの遺留品の洗い直しに回った。昨日の段階で、老夫婦が、およそ三万円の現金の他に、合計二百万ほど残高のある預金通帳を持っていたことが分かっている。また、彼らの身元を証明するようなものとしては、その通帳の他に健康保険証が見つかった。だが、手帳や住所録の類《たぐい》はまったく見つかっておらず、今のままでは身内を捜そうにもお手上げという状態だった。

恭造の持ち物は水村に任せて、貴子は睦子の持ち物を調べ始めた。小さめの人工皮革のボストンバッグには、二、三着の着替えと洗面用具、折り畳みの傘などが入っていた。いったい、どれくらいの予定で旅に出たのか知らないが、その量は驚くほど少なく、また、それらのどれもが長年にわたって使い古された感じがして、手袋をはめていても、触れるのがためらわれるようなものばかりだった。

また、もう一つの布製のバッグからは、小さめの鏡に櫛《くし》、ハンカチ、ティッシュの他、

数枚のビニール袋と、大きめの、二つ折りの財布が出てきた。片面はがま口タイプになっていて、もう片面が札入れになっているデザインのものだ。そのがま口の方に、一枚ずつ折り畳まれた数千円分の紙幣と小銭が一緒に入れられ、さらに、お守り札が一枚、しリボンを結わえてある五円玉、陶製の小さな銭ガメ、ドングリ、安全ピン、輪ゴム、しわくちゃの切手など、細々としたものばかりが入っていた。それらの一つ一つを眺めながら、貴子は余計に憂鬱《ゆううつ》にならざるを得なかった。確か、母の財布の中身も、こんな感じだったと思うのだ。いつも膨らんでいるけれど、現金以外のものばかりを詰め込むから、すぐに財布が変形するのだと、いつか笑ったことがある。

「――アパートを引き払ってるってことは、家財道具なんか、どうしたんでしょう」

「どこかに預けてあるんなら、預り証か何か、ありそうなものだけどな。そっちに、ないかい」

「今のところ、ないですね」

「こっちも、さっぱりしたもんだ。まあ、年が年だから、当然かも知れないが、クレジットカードも、テレホンカードの一枚も、ありゃしない」

ぽつぽつと会話を交わしながら、とにかく手だけは休めない。レシートは、インクが薄くて読みとれないものもあったが、だいたいはコンビニエンス・ストアーや、スーパーのものだった。印刷されている日付や商店の電話番号を見ても、それらは老夫婦が新潟から出てきた後で利用したものであることが分かる。やがて、つい一昨日の日付のレシートが出てきた。カタカナでプリントされている明細を読むと、幕の内弁当二つと、浅漬けパックを購入したことが分かった。

——あんなホテルで、二人でコンビニのお弁当で済ませて。

何だか、ますますやりきれなくなりそうだ。つい、微《かす》かにため息を洩《も》らしたとき、水村の「おい、これ」と呼ぶ声がした。振り返ると、彼は手袋をした手に、一枚の紙片を持っていた。

〈立川—中央線↓国分寺　国分寺—西武多摩湖線↓萩山《はぎやま》〉

小さなメモ用紙は、下に火災保険会社の名前が刷り込まれていた。そこに、ボールペンで乱暴な文字が殴り書きされている。

「萩山に、行ったんでしょうか」

「萩山って——」

「確か、小平と東村山の、境界あたりだと思うんですが。知り合いか誰かが、いるのかしら。それとも、その人に会うために上京したんだとか」

独り言のように呟《つぶや》く間、今のところ氏名以外は何も分からない相方は、再び忙しく手を動かし始めた。

「その辺の住所を書いたメモか何かが出てくりゃしめたもんだ」

それから水村は、思い出したように貴子を見て、「ああ、あんた」と言った。

「どういうものでも自分で判断しないでさ、取りあえず仕分けだけしてくれよ。あとは全部、俺がチェックするから」

それだけ言って、再び自分の手元に目を落とす彼の凸凹の横顔をちらりと見て、貴子も、再び睦子の財布に入っていた紙片を広げ始めた。はいはい、一課の刑事さんはプロ中のプロ、女の仕事なんて信じてないってことらしい。どうせそんなものだ。つい、ふてくされた思いがこみ上げてきたとき、だが再び水村の声がした。

「やっぱ、勘ってもんが、あるから。長年の、さ」

振り返ると、水村は何となく気まずそうな、機嫌を窺《うかが》うような表情でこちらを見ている。貴子は、小首を傾《かし》げてにっこりと微笑《ほほえ》み「はい」と柔らかく答えた。後から、少し芝居がかり過ぎただろうかと反省したが、会話はそれきりで終わった。睦子の持ち物から、相当に古いと思われる白黒写真が一葉見つかったのは、その直後だった。

4

写真は、一つの家族を写したものだった。屏風《びょうぶ》の前に二脚の椅子《いす》が置かれ、そこには背広に蝶《ちょう》ネクタイ姿の夫と、和服で髪を結った妻が並んで腰掛けている。妻は、産着《うぶぎ》にくるまれた赤ん坊を抱いており、さらに夫婦の両脇《りょうわき》には、水兵のような服を着た少年と、その姉らしい、振り袖《そで》姿の少女が立っていた。いつの時代のものかは判然としないが、夫や少年の服装からすると、戦後間もない頃の写真ではないかと思われた。

「間下秀次、御両親様、兄上様、姉上様と」

写真の裏には、鉛筆でそんな文字が書かれていた。

「と、いうことは、この抱かれてる赤ん坊が間下秀次である、ということですね」

「ガイシャと、どういう関係にあるんだ」

午後からの捜査会議では、まずその写真のことが話題になった。さらに、立川から萩山までの経路を書いたメモに関しても、様々な憶測が飛んだ。とにかく、老夫婦の持ち物からは、他に手がかりになりそうなものは見事なほどに見つからない。

「人間、生きていれば、必ず何らかの形跡を残すはずなんだがな。これだけ手がかりが少ないってことは」

「もちろん、第三者によって持ち去られたってことは考えられるでしょうが」

「ある程度、覚悟して、すべてを処分したとも、考えられる」

青酸カリの入手先、ガイシャ夫妻の生前の暮らし向きや人間関係は現在捜査中で、未だ明確な報告が得られるところまでは至っていない。また、ビジネスホテルの周辺でも、老夫婦を見かけたという証言は多数得られたものの、捜査に影響を及ぼすようなものはなかった。それらの証言から窺うことが出来たのは、ビジネスホテルに滞在しながら、朝夕の食事はコンビニの弁当で済ませ、洗濯物は不慣れなコインランドリーを利用し、毎日のように二人で連れ立って出かけていく老夫婦の、つましくささやかな姿ばかりだった。結局、現在の段階では、萩山という土地と古い写真だけが手がかりだった。

「取りあえず、ガイシャは、いったい何の目的で萩山まで行ったのか、または、行こうとしていたのか」

現地まで行ってみるより他はなかった。ガイシャの持ち物を調べ終えた貴子は、水村と共に、西武多摩湖線の駅へ向かうことになった。

電車を乗り継いで萩山へ向かう途中、水村は駅の売店でスポーツ新聞を買い込み、一人で熱心に読んでいた。貴子は、そんな相方に話しかける気にもなれず、無理に話しかけるほど用事もありはしなかったから、何となく手持ち無沙汰《ぶさた》なまま、黙って窓の外を流れる風景を眺めていた。ソメイヨシノは散っていたが、代わって八重桜や山桜の類と思われる花々が、街のいたるところに見える。線路沿いには菜の花やタンポポの黄色があり、陽射《ひざ》しはあくまでもうららかで、電車の乗客たちも、とろりとした眠そうな表情の人が目立った。もうすぐ花みずきも咲くだろう、あんずの花も咲く頃だ。

――何を覚悟しなければならなかったんだろうか。あの人たちは、どんな人生を歩んできたんだろう。

「来ました。七十前後の夫婦ですよね」

萩山に着き、まず駅前の交番に立ち寄ると、若い制服警官は、水村の差し出したガイシャの写真を一目見て、いともあっさりと答えた。

「来たか。いつ」

「確か——一週間ぐらい前だと思いますが。知り合いの家を探してるとかで——」

「何ていう家」

矢継ぎ早に質問されて、制服警官は初めて緊張した顔になり、「待って下さい」と言うと、交番の壁面に貼《は》られた付近の住宅地図を眺め始めた。

「何ていう家だよ」

「ええと」

「ええとじゃないだろう、ほら、早く」

水村は、なおもせっつくような言い方をする。

「誰が応対したんだ」

「あ、は、それは、自分ですが」

「だったら早く思い出せって。この二人が来たことは覚えてるんだろう？　どの家をたずねたかくらい、一緒に思い出せるだろうが」

貴子の位置からは、二十代の半ばに見える警察官の、帽子の下の耳がみるみる赤く染まっていくのが見えた。いかにも苛々《いらいら》とした様子で一緒に地図をのぞき込んでいる相方を見て、貴子は嫌な気分になっていた。まだ、どういう性格かも分からない男だが、こういう苛立ち方をするタイプは、あまり好きではないと思った。

――よかった。向こうが素っ気なくしてくれてるんだから、私も下手に親しげにならないことにしよう。

いつになく冷ややかな気分で二人の様子を見守っていると、やがて制服警官が「あ、そうだっけ」と言った。この若い警官も、苛立たせるだけのことはあるのだ。

「何とかいうカメラマンの家を探してるって、そう言ったんじゃなかったかな」

「言ったんじゃなかったかな？」

「いえ、言ったんです。それで、あれこれ探したんですが、カメラマンの家っていうんじゃ分からなくて」

「それで」

「住所も何も分からないっていうんで」

「それで」

「じゃあ、写真屋さんはってことになって」

「それで」

「この辺りの写真スタジオを、探してあげたんです。そうそう、そうでした」

警察官は、ようやくほっとした表情になり、この界隈《かいわい》には写真店は三軒あるのだと言った。それらの住所と屋号とを聞き出して、水村はせっせとメモを取っている。

「その、カメラマンの名前は思い出せますか」

最後に貴子が聞くと、警察官は再び困惑した表情になり、思い出せないと答えた。

「もしかして、間下さん、なんて、言いませんでした？」

若い警察官は、ひどく驚いたような表情になり、嬉《うれ》しそうに「そうでした！」と言った。貴子は、水村に向かって小さく頷《うなず》いた。

「俺が、次に聞こうと思ったことが、よく分かったね」

交番を出て歩き始めると、水村が口を開いた。ちらちらとこちらを見ているのが感じられる。貴子は、にっこりと微笑んで頷いただけだった。こっちだって、馬鹿《ばか》でもなければど素人《しろうと》でもないってこと、こういう連中にはどうやったら分からせることが出来るのだろう。

「写真屋さんといえば、青酸カリも扱うわけですよね。それが間下っていう人なんだとしたら、あの写真ともつながってきますね」

捜査本部に報告の電話を入れた後、貴子たちは交番で聞いた写真店を一軒ずつあたってみることにした。一軒目は、商店街の中の普通の写真店でスタジオなどは有しておらず、店主の名前も違っていたが、二軒目に訪ねた「サンセット・フォト・スタジオ」は、案外広々とした敷地に建つ一軒家で、店の入り口と反対にある門柱には、「間下」という表札がかかっていた。その名前を確かめ、水村と互いに頷き合った上で、貴子たちは再び店の方に回り込んだ。

「警察の方が、何か？」

応対に出てきたのは、四十代の半ばに見える、ピンク色のニットを着た女だった。背中まである長い髪は茶色に染めて波打っており、化粧もしっかりとしている。水村は、ためらうことなく窪谷夫妻の名前を出した。だが、その女は表情ひとつ変えずに、そんな人物の記憶はないと答えた。

「失礼ですが、ご主人様は」

「主人ですか？　一昨日から撮影旅行に出ておりますが」

「撮影旅行ですか、どちらへ」

「さあ――東北の方だとは申しておりましたけれど、いつも特別な目的地は決めないでまいりますから」

「お帰りは」

「どうでしょうか。一週間か十日ほどで帰ると思いますけれども」

水村が質問を続けている間、貴子は店内を見回していた。カウンターの向こうの白い壁には、写真のサイズと値段の一覧が掲げられている。その他、店内の至る所に様々な風景写真が掛けられていて、片隅のガラスケースの中には、数個のトロフィーや額が置かれていた。貴子は、それらをさりげなく眺めた。プレートには、「審査員特別賞」「優秀賞」などという文字と共に、間下秀次という名前が彫られている。

「主人は、プロの風景カメラマンでございますから、暇なときに店の方の仕事をするという程度なんですの。あとの、証明用ですとかパスポート用の写真なんかは、私が撮りますから」

女は、半ば誇らしげな表情で言った。水村は、しきりにメモを取りながら「なるほど」と頷いていたが、やがてふいに顔を上げると、夫の出身はどこかと訊《たず》ねた。

「主人ですか？　金沢ですけれど」

「金沢、ですか」

そこで初めて、女は不安そうな表情になった。そして、夫が何かしたのかと言う。水村は「いやいや」と笑顔になり、もう一度窪谷夫妻の名前を出した。ガイシャの生前の写真が入手できていない今、一般市民に、二人の死体の写真を見せることはためらわれる。一週間ほど前に、駅前の交番でこのスタジオを訪ねた老夫婦がいるのだと言うと、彼女は少し考える顔をした後、夫が出かける前は、自分の方が一週間ほど家を留守にしていたと言った。

「実家の母が風邪を引いて寝込んだものですから、戻ってたんです」

女の顔には、明らかな不安が浮かんでいた。そして、夫は旅行に出る前に、依頼された写真はすべて現像していったから、もしも、その老夫婦が客として来たのならば、写真が残っているはずだと言った。

「お待ち下さいね。ご夫婦、ですね？」

女はそう言い残すと店の奥に引っ込んだ。

「逃げたか？」

「そうとも考えられますね」

貴子と水村とは小声で会話を交わしながら、女が戻ってくるのを待った。やがて、彼女は大判の白い化粧台紙を持って戻ってきた。貴子たちの前に差し出されたその台紙には、確かに生前のガイシャが並んで写っている写真がはめ込まれていた。

「ああ、そうそう、この人たちです」

水村が答えると、女はほっとした表情になって、それでは客としてここを訪ねてきたのだろうと言った。

「お待ち下さいね。お客様でしたら、伝票の控えがありますから」

彼女はカウンターの奥の小引出を調べていたが、やがて水色の紙片を取り出した。

「窪谷恭造様、ですね。お代は済んでますねえ——あの、この方たちが、何か？」

「昨日ですね、死体で発見されまして」

「死体で？　亡《な》くなったんですか？　お二人とも？」

間下の妻に向かって、ガイシャの様子を語る水村の声を聞きながら、貴子は、生前の窪谷夫妻の写真をしみじみと眺めていた。こうして改めて見ると、二人はやはりずいぶん疲れた貧相な顔をしているように思われた。それに、服装も普段着同然で、とても記念写真を撮るようには見えない。だが、老夫婦は緊張した面もちで、寄り添うように写真に収まっている。

——遺影？　だったら、やっぱり覚悟の心中なんだろうか。

貴子が考えている間に、水村は手帳をしまい込みながら、「ところで」と口調を変えている。

「私にはよく分からないんですが、聞いたところですと、写真の現像っていうのは、色んな薬品を使うんだそうですね」

女は未《いま》だにショックが隠せないという表情で、それでも「ええ、まあ」と頷いた。

「こちらでは、写真の現像なんかは、どうされてるんです」

「うちで、全部やっております」

「つまり、こちらには色々な薬品がおありになるということですか。保管なんか、大変じゃないんですか」

「劇薬もありますのでね、保管は厳重です」

「たとえば青酸カリなんかも、使っておいでですか」

青ざめた表情の女は、半ば上の空のような表情でゆっくりと頷き、それから慌《あわ》てたように「あの」と言った。

「この方たちって、あの、どうして――」

「いや、それはまだはっきりしていません」

とにかく、今は二人の生前の足取りを追っているのだと説明すると、彼女の表情はようやく落ち着いた。貴子たちは、窪谷夫妻の記念写真を借り受け、「サンセット・フォト・スタジオ」を後にした。

5

翌日には、窪谷夫妻と間下秀次との接点が明らかになった。ガイシャの身元を洗っていた捜査員によって、窪谷夫妻が戦後間もない頃まで金沢に暮らし、しかも、当時は市内で屈指とうたわれた高級割烹《かっぽう》旅館に住み込んでいたという事実が確認された。旅館の名は「喜久乃家《きくのや》」という。間違いなく、間下秀次の生家だった。

「当時の二人は、まだ結婚はしていなかったようです。むしろ、『喜久乃家』で知り合って一緒になったんじゃないでしょうか」

二人が「喜久乃家」を辞め、同時に金沢から離れたのは昭和二十三年のことだという。その年は奇《く》しくも間下秀次の生年と同じだった。

「喜久乃家」を辞めた後、夫婦は金沢を離れて一時上京する。その時に暮らしたのが立川だった。だが、二、三年で再び転居、北海道、仙台と移り住み、新潟に落ち着いたのは昭和五十年代の半ばになる。そして、夫は駐車場の管理人の職につき、妻は飲食店で働いた。捜査員の報告を聞く限り、窪谷夫妻の人生は、まさしく浮き草のように頼りなく、そして、ひたすら働くばかりのものだったような印象を受けた。

「夫婦二人だけで、子どももいないんですから、呑気《のんき》に暮らしても良さそうなものだったと思うんですがね」

「とにかく他に身寄りらしい身寄りもいないみたいで、極端に情報が少ないんです」

その中で、確かに間下秀次の存在だけが、彼らには特別なものだったと想像するのは、無理からぬことだった。しかも、間下の家には青酸カリがある。

翌日から、捜査員は今度は間下の周辺捜査に取りかかり、さらに、萩山の間下家には張り込みがついた。

間下秀次の実家である「喜久乃家」は、現在は跡形もなくなっていた。間下秀次の父親がいわゆる洒落者《しゃれもの》と呼ばれていたらしいが家業には精を出さず、放蕩《ほうとう》に放蕩を重ねた結果、家屋敷は昭和三十年頃に人手に渡ったという。その後、一家は小さな家に移り住んだ。だが、全財産を失ったわけではないらしく、その後も父親は一度も職につくことはなかった。また秀次を含めて三人の子どもたちも何不自由なく育った様子で、それぞれの進路を歩み、長男は現在観光会社の専務となり、長女は金沢の医者の家に嫁いでいる。秀次自身、高校卒業と同時に東京の大学に進み、その後はカメラマンとして広告などの写真を手がけるようになって、比較的順調な人生を歩んできたように思われた。

「以前の使用人夫妻を殺さなけりゃならんとしたら、よっぽど以前に何かがあったとしか思えんな」

「しかし、ガイシャが金沢を離れたのは、秀次が生まれるか生まれない頃ですよ。接点の、探りようがない」

「すると、親の代に何かあったか」

他の青酸カリの入手ルートについても、また、上京後のガイシャの足取りについても、捜査は続いてはいた。だが、窪谷夫妻が、間下秀次の他に接点を持った人間は杳《よう》として知れず、ホテルの周辺をいくら聞き込んで歩いても、新たな情報は得られなかった。一見、実に地味な目立たない事件に見えたのに、こんなに進展しないというのも珍しかった。捜査員の間からは、二人のホトケはやはり自殺を図ったのではないかと囁《ささや》く声が聞こえ始めた。

事件が発生して五日ほど過ぎた日の夜更《よふ》け、眠気覚ましにコーヒーを淹《い》れに立ったとき、八十田が近付いてきた。

「おっちゃん、俺にも一杯淹れてくれる優しさ、ある？」

たった数日口をきかなかっただけなのに、何かひどく懐《なつ》かしい気がする。貴子は、もちろん、と言うように微笑《ほほえ》み、紙コップをホルダーにセットした。

「どうだい、今回の相方」

コーヒーを手渡すと、八十田はさっそくそれをすすり始めながら言った。貴子は、素早く周囲を見回し、小さく肩をすくめた。

「どうってことないけど、何だか窮屈。気をつかってくれてるのは分かるんだけど、お腹《なか》の中では何を考えてるか分からない感じだし、とにかく、私を何も知らないど素人だと思ってるわ」

貴子は囁くように答えた。八十田は「ど素人ね」と繰り返し、くっくっと笑う。

「まあ、あちらさんは本庁のプロ、筋金入りってとこだからな」

「だけど、私だって昨日今日入ってきたひよっこじゃないのよ」

思わず横目で睨《にら》むように言うと、八十田は「まあまあ」となだめる表情になり、多分、実際よりも若く見られているのだろうと言った。

「おっちゃんのことは、あちこちで噂《うわさ》にはなってるみたいだからな。俺の相方も、色々と聞いてくるよ」

「何を？」

「歳《とし》は、とか、独身か、とか、色々さ」

貴子は、ますます嫌な気分になって、思わず口を尖《とが》らせた。聞きたいことがあるのならば、直接聞いてくれれば良いではないか。そうしたら、誰はばかることなく、言ってやるのに。私は本厄が過ぎたばかりの、バツイチの女ですって。

「俺なんか、慣れてきたからさ、何とも思わなくなったけど。こうして他の連中に混ざってるところを見てると、やっぱ、おっちゃんてのは、かなり異色の存在なんだな」

「私が異色ってわけじゃないわ。この職場が、異色なのよ」

「だけど、他の連中は男の職場に勝手に乱入してきた女だと、思ってる。事実、そういう感じは拭《ぬぐ》えないもんな」

「それは、仕方がないけどね。だけど、女だから未熟とか、女だから無能とか、そういう考え方、されたくないのよね。問題が違うし、第一、古くさいにも程があるでしょ」

貴子が憤然と言ってのけると、八十田はなだめる笑顔で「女は大変だ」と言い残し、その場を離れていった。貴子は、自分のコーヒーに息を吹きながら、心の中で「分かりもしないくせに」と呟《つぶや》いていた。男なんかに、こういう女の大変さなど、そう簡単に分かられてたまるものかと思った。

――本当よ、このままじゃ私、子どもも産み損ねるかも知れない。

今現在、切実に子どもを欲しいと思っているわけではなかったが、ふと、そんなことを思った。同時に、ガイシャが持っていた古い写真が思い浮かんだ。あの写真では、間下秀次は一歳になるかならないかというところだったと思う。秀次が一歳になった頃、窪谷夫妻は、まだ「喜久乃家」で働いていたのだろうか。これまでの調べに間違いがなければ、生まれた直後に辞めていったのではなかっただろうか。

――間下秀次、御両親様、兄上様、姉上様と――

写真の裏書きは、明らかに秀次を中心にした書き方をしてあった。あれが、窪谷夫妻のどちらかによって書かれたものだとしたら、なぜそこまで秀次に執着する必要があったのだろう。ただの奉公先の息子という以外に、何の事情があったのだろうか。他の人物にはすべて「様」がつけられているのに、秀次にだけは、どうして「様」がついていないのか。

なぜか、切ないような思いが胸に迫ってきた。誰かに言ってみたい気がした。だが、下手なことを言えば「女の浅知恵」「女の感傷趣味」とでも評されかねない。

――秀次の、出生の秘密。

結局は、秀次が旅から戻るのを待つより他はなかった。貴子はコーヒーを飲みながら、相変わらず何を考えているのか分からない表情で、今は競馬新聞を読んでいる相方を眺めていた。

6

死体が発見されてからちょうど一週間後、間下秀次が旅から戻ってきた。張り込んでいた捜査員は、彼が自宅に入る前に呼び止め、直ちに参考人として署へ連れてきた。妻から電話で何かを聞いていたせいかも知れないが、横暴とも言えるようなこちらの扱いにも彼は実に素直に従い、さらに、すらすらと窪谷夫妻を知っていることも認めた。貴子は刑事部長に名指しされて、記録を取るために取調室に入った。

「たまには、こういう経験もいいだろう」

手応《てごた》えのない相方と、手応えのない日々を過ごして、少しばかり気持ちが中だるみしていた貴子に、その一言は有り難かった。本部事件で、被疑者の事情聴取に立ち会えるチャンスなど、そうないと思っていたのだ。喜び勇んで取調室に向かうときには、何となく背中に水村の視線が刺さる気がしたが、貴子はそれを無視した。

「プライベートで旅に出るときには、携帯電話のスイッチも切ることが多いんです。せっかく日常から切り離されるために旅に出て、そこまで追いかけられちゃ、たまりませんからね」

参考人としての事情聴取と聞かされているせいか、間下秀次は愛想も良く、落ち着いていた。昭和二十三年生まれということは、そろそろ五十に手が届く年齢だが、カメラマンという職業のせいか、服装もラフだったし、鼻の下と顎《あご》にはひげを蓄えて、彼は顔の色つやも良く、若々しく見えた。貴子は、その顔の中に、ガイシャが持っていた写真の面影を探そうとしたが、うまくはいかなかった。

「最初は普通のお客さんかと思ったんですが、そのうち、あちらの方が、以前、僕の家に奉公していたと言われたんです」

間下はすらすらと話し始めた。

もちろん彼は、窪谷夫妻の顔など覚えているはずもなかった。だが、彼らは間下自身、曖昧《あいまい》にしか記憶していないかつての店の様子をありありと語ったし、両親の名前も、他の兄弟の名前も知っていた。さらに、同じ時期に働いていた従業員の名まで並べられて、間下は二人を信じた。半世紀近くも過ぎて、わざわざ会いに来てくれた彼らの義理堅さに感激したと彼は語った。

「記念に写真を撮りたいと言われました。それで、撮ってあげたんです。代金なんかいらないって言ったんですが、やっぱり義理堅く、ちゃんと支払いをされました」

「そのご夫婦が立川のホテルで死体で見つかったことは、ご存じですか」

捜査員がそう切り出した途端、だが、間下秀次の表情は一変した。取り調べ用の机とは別に、入り口近くに用意されている小さな机に向かいながら、貴子は彼から目を離さなかった。その表情から察すると、予想に反して、どうやら彼は妻から何も聞いていないようだ。

「死因はね、青酸カリによる中毒死です」

その途端、間下の目は宙を泳ぎ、背中をぶるっと震わせた。

「青酸カリって、ご存じですよね？　奥様の話では、お宅にもあるっていうことでしたが、どういう目的に使うものか、ちょっと説明してもらえませんか」

捜査員の質問に、間下は何度も唾《つば》を飲み込み、必死で気持ちを落ち着かせようとしているらしかった。貴子は、彼のとぎれとぎれの言葉を書き取りながら、初めて青酸カリの「殺人以外」の利用方法を学んだ。

通常、写真を現像する段階で、ネガの濃度やコントラストが高すぎるとき、ネガを減力して濃度を下げたり、コントラストを低下させたりするために減力液というものを使用する。また、印画したものが濃すぎた場合にも、減力液を使用することが出来る。減力液とは、いずれも酸化剤だが、酸化後に出来る銀塩が水溶性でない場合は、その銀塩を溶解するために、減力液にシアン化カリウム、つまり青酸カリなどを加えたものが用いられるということだ。もちろん、減力液にも色々な種類があるから、青酸カリを使わない方法もあるが、ヨードと青酸カリを使った減力液は、汚染も生じず、色彩も安定していることから、取り扱いさえ注意すれば、優れた減力液になるという。もちろん、猛毒の薬品なのだから、毒物劇物一般販売業登録票を交付されている業者から、免許証などを提示した上でなければ入手は出来ない。

「そう、危険物なんですわな」

「――」

「あれは、水にはすごくよく溶けるんだそうですな。アルコールとか何とかより」

捜査員の言葉に、間下は再び喉仏《のどぼとけ》を上下させた。机の上の握り拳《こぶし》が細かく震えている。

「ねえ、間下さん。ちょっと考えてみたんだがね、五十年近く前に、あんたの家で働いてた夫婦が、急にあんたを訪ねてきた、何でですかねえ」

「――」

「わざわざ訪ねてくるには、何かの理由があったんじゃないかと思うんだがね。それを、教えてもらえませんか」

「ですから、懐かしくて――」

「懐かしくて、ね。まあ、いいや。そのさ、せっかく会いに来てくれた人たちに、あんた、とんでもないことをしたんじゃないの？」

今や捜査員の言葉つきは、すっかり変わっていた。

「新潟くんだりから出てきて、何度も人に道を聞いて、やっと探し当てて来てくれた人たちに、あんた、いかにも親切そうに写真なんか撮ってやりながら、その一方で、その人たちを――」

「違うっ！」

女のように甲高い声だった。間下は、両手で握り拳を作り、「違う、違う！」と繰り返した。

「何で、僕がそんなことをすると思うんですっ。あの人は――」

「あの人ってえのは？」

「――窪谷さんは、他に使いたい相手がいるって、言ったんだ。自分たちの人生をめちゃくちゃにした、憎い相手がいるって。そいつらに、全財産を奪われたって。その話を聞いて、僕は気の毒だと思ったし、この僕には、他に出来ることなんか何もなかったし、第一――」

「第一、何だい」

今や、間下秀次は完璧《かんぺき》な被疑者だった。やがて、彼の食いしばった歯の間から、嗚咽《おえつ》のようなものが洩《も》れてきた。顔を歪《ゆが》め、泣き伏した間下の口から、「僕が、せっかく」などという台詞《せりふ》が聞こえた。

「――お母さん」

ふいに、口をついて出てしまった。途端に、間下は息を呑《の》んだように静かになり、次の瞬間、さらに激しく号泣し始めた。大先輩の捜査員たちに振り向かれて、貴子は思わず肩をすくめた。

十分以上も泣き続けて、ようやく気持ちの落ち着いたらしい間下は、それから半ば呆《ほう》けたような表情のままで、窪谷睦子は自分の実母なのだと話し始めた。貴子の推理は当たっていた。

間下の父は、いわゆる遊び人というか、いつまでも放蕩のおさまらない男で、店の仲居に手をつけることも珍しくはなかったという。十代の頃から「喜久乃屋」で働き続けていた睦子が身ごもったと分かったとき、相手が主人であるという噂は、すぐに店中に広まったらしい。

「——だから、私が、お袋の本当の子どもじゃないってことは、小さい頃から分かってたんです。親父《おやじ》がよその女性に産ませた子どもを、生まれてすぐに引き取ったんだって。色んな大人に囲まれて育ちましたから、自然に耳に入ってたんでしょう」

だが、自分を産んだ母親のことを聞き出すことは、どうしてもできなかった。間下の正妻は、なさぬ仲とは言いながら、秀次をそれなりに可愛《かわい》がってくれていたのだという。やがて家業は傾き、一家は市内の外れにある小さな家に引っ越した。父は相変わらず働こうとせず、母の手内職が唯一《ゆいいつ》の収入源だった家の暮らし向きは、質素ではあったが、特に困るというほどではなかった。母は、そんなに大金を稼ぐことが出来ているのか、どうして生活が成り立っているのか、間下は子ども心に不思議に思っていた。

「十年ほど前に、その秘密が分かりました。おふくろが亡《な》くなる前に、話してくれたんです。私の生みの母という人が、ずっと仕送りを続けてくれたんだって。そのお陰で、一家は何とか生き延びてこられたんだって」

だが、それが誰なのかは、ついに聞くことが出来なかった。父も既に亡くなっており、二人の兄姉は間下同様、何も知らされてはいなかった。かつては大きな割烹《かっぽう》旅館の女将《おかみ》だった義母の、後半の人生を思うと何とも哀れで、その義母を裏切るようなことは出来ない気もして、結局、間下は実母を捜すことを諦《あきら》めた。

「それが、本当に突然、あの人たちが現れて。僕に、小さい頃の写真を見せて――」

間下は、そこで再び言葉を詰まらせた。

窪谷恭造は、子どもを取り上げられ、店にもいられなくなった睦子を、半ば押しつけられるような形で妻にしたらしい。恭造本人の話によれば、貧しい農家の倅《せがれ》だったが、幼い頃に両親を亡くし、間下の祖父に拾われたという。以来、奉公人として「喜久乃家」に住み込むようになった彼は、間下家に相当の恩義を感じていたというし、また、傷心の睦子を放っておくことも出来なかったのだろう。そして、二人は各地を転々としながら、落ちぶれた間下家と睦子の子どものために、仕送りを続けていたことになる。

窪谷夫妻が訪ねてきた翌日、今度は、窪谷恭造が一人でやってきた。折り入って相談があるという言葉に続けて、間下は窪谷の方から青酸カリを分けて欲しいと切り出されたのだと言った。老人は、かつて写真工場で働いていたことがあり、薬品の存在を知っているということだった。

「——僕に出来る恩返しなんか、他にないじゃないですか。身体《からだ》も弱ってきている非力な自分に、何とか復讐《ふくしゅう》の機会を作って欲しい、そうでなければ、睦子にこれ以上の苦労をかけることになるって、そう言われました。けれど、本当に最後の手段として持っているだけで、実際に使いはしないから、ほんの少し分けてもらえないかと言われれば——僕には断ることは、出来なかったんです。だけど、まさかあの人たちが、自分たちのためにあれを使うなんて——」

夜も更《ふ》けて帰宅を許された間下から電話がかかってきたのは、その日の夜半過ぎだった。留守中に窪谷恭造から遺書が届いていたという。翌日、再び出頭してきた間下は、昨日とは別人のようにやつれた表情で泣き腫《は》らした目をしていた。彼は、自分のもとに届いた窪谷からの手紙を提出した。

その手紙は、自分たちの死によって、間下に迷惑がかかっているのではないかという気遣いから始まっていた。

〈——これからようやく夫婦でのんびりと暮らせるという矢先に、私が癌《がん》におかされたのです。その治療費のため、細々と蓄えてきた貯金も、瞬《また》く間に減っていきました。睦子は文句一つ言わずに私を看病してくれますが、実は、睦子自身が白内障にかかっています。私が死んだあと、蓄えもなく、目も不自由になった睦子が、一人で住む家もなく、どうやって生きていくのかと思うと、夜も眠れない日が続きました。私たちは、世間に恥じるようなことは、何一つしてこなかったと思います。むしろ、恩と義理のためだけに費やした人生の、最後くらいは好きなことをしたい、死ぬときくらいは自由にしたいと、思いました――〉

筆跡は、間違いなく窪谷本人のものと思われた。自分の死期を覚悟した窪谷は、少しずつ視力の衰えている妻の身を案じ、無理心中を企てた。そして、死ぬ前に一度だけでも、若い頃から思い続けていた息子に会わせてやりたいと思った。間下がカメラマンになっているということは、風の便りに聞いていたらしい。血のつながりがあるわけでもないのに、かつて、写真の現像工場に勤めたことのある窪谷は、「他人のような気がしない」と思ったとも書いてあった。

「でも、結果的には、私が渡した薬で亡くなったんですから――私が殺したような、ものです」

間下はうなだれて言った。窪谷からの遺書を裏付けたものは、解剖報告書だった。窪谷恭造の全身には癌が転移していたという。捜査本部はその日のうちに解散になった。あとの処理は所轄《しょかつ》署の刑事に任せることになる。通常の任務に戻る前に、貴子は短い間ペアを組んだ水村刑事に挨拶《あいさつ》をしにいった。

「いつも、こういうヤマだといいね」

相変わらずスポーツ新聞を読んでいた水村は、そう言うと、「女性向けだもんな」と続けた。結局、やんわりと嫌みを言われるのかと内心でため息をつきながら、貴子は八十田と共に本部を後にした。

——恩と義理のためだけに費やした人生。

貴子の脳裏には、今もホトケの死に顔が焼き付いている。無理心中とはいえ、第三者によって殺害されたのではないのなら、そう悲しむべきではないのかも知れないと思う。だが、引き離された子どもが成人するまで仕送りを続けた女と、そんな女を妻にして、共に働き続けた男の人生は、やはり、ひっそりと淋《さび》しいものだったような気がする。だが、二人には二人なりの幸福があったのだろう。そう思いたい。

死体の状況から判断しても、窪谷恭造はあのビジネスホテルの貧しいテーブルセットに妻と向いあい、共に茶を飲むように装《よそお》って、湯呑み茶碗《ぢゃわん》に毒物を混入したのだろうと思われた。そして、妻が昏倒《こんとう》するのを確認した直後か、またはほぼ同時に、自分も青酸入りの茶を飲んだのだろう。全身を癌に侵されていた老人には、もはや妻をベッドに運んでやる体力も残ってはいなかったのかも知れない。彼らから匂《にお》い立っていたあんずの匂いは、もしかすると、最後の餞《はなむけ》としてふさわしかったのかも知れない。この季節に、さほど長い間苦しまずに逝《い》かれたことが、あの二人には、いちばんの幸福だったのかも知れない。

——そういう人生も、ある。

一人で生きるよりは、よほど良いのかも知れないと思いながら、貴子は春の盛りの道を歩いた。今度の休みには、またあんずの花を見に行こうと思った。

長《なが》夜《よ》

1

［一一〇番入電。北府中署管内。道ばたで、女の人が目を開けたまま寝ているもよう――］

その通報は、彼岸も過ぎた、しのぎやすい夜に入った。秋の虫がそこここで鳴き、吹き抜ける風からは、日毎《ひごと》に夏の気配が薄れていく頃だ。時刻は午後十時を少し回っている。ことに今夜は、ついさっきまで雨が降っていたこともあって、夜気はひんやりとした湿気と土の匂《にお》いを含み、ことさらに秋の訪れを感じさせた。

音道貴子と同僚の八十田とは、府中市に隣接する国立市内で発生した若者同士による傷害事件の現場に急行し、ちょうど捜査用の車両に戻ったところだった。

「目を開けたまま寝てる？　どういうんだ」

八十田が頓狂《とんきよう》な声を上げた。後から助手席に乗り込んだ貴子も、車載の無線機に耳を傾けた。

［場所、府中町一丁目四十九の六、京王線府中駅北口そば。ファッションビルのエクセ

ル前の路上]

[警視庁了解。府中三、現場へ]

これだけ聞いた限りでは、酔っ払いが寝ているのかどうかも分からない。自分たち、機捜の人間が動くべき内容のものかどうかを見極めるためには、現場に臨場したパトカーか交番の警察官の第一報を聞く必要があった。それにしても、目を開けたまま寝ているのが本当だとすれば、生きている可能性は少ないということだ。

「変な通報をするもんだな」

「府中町一丁目なら、目と鼻の先ですけどね」

問題となるのは事件性の有無だ。自殺や酔っ払い、ましてやただ寝転んでいるだけでは、事件ではない。つまり、機捜の出番ではないということになる。だが、地域課の警察官の報告を受けて、所轄《しょかつ》署の刑事課の捜査員が現場に赴き、その判断をするまでには、まだ最低でも十分以上はかかるだろう。

「行くだけ、行ってみるか」

八十田の言葉に、貴子はゆっくりと頷《うなず》き、無線機のマイクに手を伸ばした。

「警視八四〇から警視庁」

[警視八四〇、どうぞ]

「国立市谷保の喧嘩《けんか》傷害について、少年六名のうち三名を国立署《PS》に同行、残る三名は消防庁により病院に搬送されました。なお、先ほどの府中市府中町、路上で女性が倒れている件について、現場付近におりますので、転進します。どうぞ」

［警視庁了解。事件性有りと認められた場合は、速《すみ》やかに報告願いたい。どうぞ］

貴子が捜査用無線で「了解」と答えている間に、八十田は早くも車のハンドルを操り、甲州街道を東に向かい始めている。

「何でもなかったら、嫌な顔、されるかしら」

半分ほど開けた窓から流れ込んでくる夜風を顔に受けながら、貴子は呟《つぶや》いた。嫌な顔をするというのは、所轄署の人間を指しての言葉だ。相手が縄張り意識の強い警察官だったりすれば、管轄区域をやすやすと乗り越えて、呼んでもいないのに顔を出す機動捜査隊を煙たがる場合がある。

「嫌な顔っていうよりも、『馬鹿《ばか》』とでも言われるんじゃねえか。もしも、本当に寝てるだけだったりしたら」

「それならそれで、いいですけどね。散歩の途中で寄りましたとでも言えばいいじゃないですか」

窓の外を流れる夜の街に目をやりながら、貴子は半ば投げやりに言った。遠慮深く気配りばかりしていても、この職場にいる限りは何の得もないと、最近の貴子は前にも増して感じている。

「寝るときは目を閉じてくださいよって、言ってやるか」

貴子よりも年下の巡査部長は、元来が上からの命令だけを聞いて動き回ることを嫌うタイプだった。長身を持て余すように、普段は動作も何もかもが緩慢な印象を与える、のほほんとした雰囲気の持ち主なのだが、実際のところはなかなかに頑固で、皮肉屋で、いざとなると驚くようなエネルギーを爆発させる。相棒がそういう性格だと、こちらも反抗的とも思わずに、案外好きなことが出来るものだ。

「だから、近くを通りかかっただけだって、言ってるじゃないですかっ」

数分後、そのエネルギーの一端が顔を出した。機捜の出動など要請していないという、所轄署地域課の古株らしい、中年の制服警官に向かって、八十田はのしかかるように顔を近付け、押し殺した声で言った。

「別に、あんたらの縄張りを荒らそうなんて思ってやしませんて。ただ、ちょっと見せてもらえれば、それでいいんだって言ってるでしょう」

四十前後と思われる巡査長は、いかにも忌々《いまいま》しげに八十田を見上げていたが、やがて、への字に曲げた唇の間から、「どうぞ」と呟いた。年齢的には貴子たちよりもずっと上でも、巡査長という立場では、八十田巡査部長にはたてつけないというところだ。

「せめて、うちの専門が来るまで待って下さいって言ってるのに」

「こっちだって、ど素人《しろうと》の野次馬ってわけじゃ、ありませんからね」

こういう押しの強さは、さすがに男だ。女がここまでやってしまうと、そういうつもりでなくても「ヒステリック」というレッテルが貼《は》られることは珍しくない。

振り返った八十田に小さく頷き返し、貴子は周囲の警察官たちの視線を感じながら、彼と並んで「目を開けたまま路上で寝ている」女性に近付いた。ファッションビルに面してはいるが、広い通りから脇《わき》に入った一方通行の道は、夜の街の喧噪《けんそう》からかけ離れて、ひっそりと闇《やみ》に沈んで見えた。

その人は、確かに半ば驚いたような表情で、じっと目を見開き、宙を見つめていた。一見するといかにも自然に、自宅の寝室にでもいるように見える姿だ。長い髪が顔の周囲に散っている。服も黒っぽいものらしく、その白い顔だけが闇の中に浮かんでいるように見えた。

八十田が、傍に立っていた若い警察官から懐中電灯を借り受けて、彼女の目元を照らした。闇の中に、よりはっきりと浮かび上がったその顔を見て、貴子は思わず息を呑《の》んだ。

「――この人」

「寝てるわけじゃない、な」

八十田が押し殺した声で呟いた。それから、死体の周囲をくまなく照らす。一見すると、ただ倒れているように見えたのは、雨上がりで路上が濡《ぬ》れているせいと、彼女の頭部が半分ほど、歩道脇の低木の植え込み部分にはみ出しているせい、そして、その長い髪のせいもあった。実際は、身体《からだ》の下からかなりの出血が見られたのだが、その大半を彼女自身の髪が吸い、さらに夜の闇の中では、血の色は濡れた歩道や土の色に溶け込んで、瞬時に判別がつかなかったのだ。

「伊関《いせき》、さん」

貴子は、彼女の見開かれた目を見つめながら、ゆっくりとその名を呼んだ。女は、今にもその目をこちらに向けて「あら」とでも言いそうに見えた。深い赤の口紅に彩《いろど》られた、比較的大きな口は、表情豊かに動くのが当然のように思われる。どなただったかしら、あら、偶然ねなどと。だが、視線を動かし、口を開いたのは八十田だけだった。

「おっちゃんの、知ってる人?」

「伊関、逸子《いつこ》。染織家」

「へえ、染織家。有名な人か」

パーマをかけていない長い髪、知的に感じさせる丸い額、わずかに薄い鼻梁《びりょう》と、行動的に見せる大きめの口。そして何よりも、その耳元のピアスに見覚えがある。鳥の羽と数種類の小さな木の実を組み合わせた、大ぶりで個性的なピアスは、伊関逸子が「暇つぶしに」自分で作ったのだと言っていた。

「個展を開いたり、雑誌でも紹介されたりしてるらしい人です。知り合いに紹介されて一度だけ、お目にかかったんですが」

「この辺の人なのか」

「工房は、八王子だったと思いますが」

八十田はふんふんと細かく頷き、改めて伊関逸子の全身に懐中電灯の光を這《は》わせながら、「染織家ね」と言った。

「そう言えば、凝った服だ」

丈の長めなプルオーバーにパンツを組み合わせたスーツは、光を当てると深い藍色《あいいろ》だった。畝《うね》のある糸でざっくりと織り上げられた、質感のある服で、一見するとニットのようにも見える。確かに、逸子が自分で染め上げた糸で織られたものかも知れなかった。

「上から落ちた、かな」

彼女の頭部を探っていた八十田の言葉に誘われるように、貴子はしゃがんだままの姿勢で、すぐ傍にそびえているファッションビルを見上げた。地上七、八階建ての建物だろうか、日中は賑《にぎ》わうに違いない建物も、今は闇に沈み、「革もの一掃大バーゲン」「輸入ブランドセール」などと書かれた垂れ幕が細長く下がっているだけだ。背後からパトカーのサイレンの音が聞こえてきた。所轄署の刑事課が到着したのだろう。

「自殺でしょうか」

「ちょっと、見てくるか」

貴子たちが立ち上がったのと、数人の男が駆け寄ってきたのとが同時だった。先頭にいた男が、貴子たちの「機捜」の腕章を見て、不思議そうな顔のまま、口だけで「ごくろうさまです」と言った。

「ホトケさんね、伊関逸子、染織家だそうです。何と、こっちの、音道刑事の顔見知りでしたよ」

簡単に挨拶《あいさつ》を交わした後、八十田が言った。さっきから、何か文句を言いたくて仕方がないという表情でこちらの様子を見ていた制服の巡査長が、驚いた顔になった。刑事課長代理だという、四十代の半ばに見える男も、出鼻をくじかれたような表情で「はあ」と頷いている。

「切り傷や刺し傷はありませんし、近くに持ち物もないみたいなんで、ちょっと屋上を見てきますわ」

それだけ言って、八十田は制服警察官を従えてファッションビルに向かい始めた。貴子も八十田に従おうとすると、課長代理は急に思い出したように、自分も行くと言った。

「しかし、顔見知りとは。それが分かっていて、来たわけじゃないんでしょう」

「もちろんです。まさか、こんなところで、こういう形でお見かけするとは思ってもいませんでしたから」

「染織家に、知り合いがいるなんて、珍しいですね」

「知り合いというほどのものでもないんです。友人の紹介で、一度お目にかかっただけです」

「いくつの、人ですか」

「四十代の前半だと思いますが」

「家族は、旦那《だんな》と、子ども、ですか」

「お独りだって伺いましたけど」

「独身、ね。あんたの、友だちっていうのは、やっぱり、染織家か、何か」

「違います」

「あんた、音道さんだったかな、そういう、芸術家とかの、知り合いが、多いわけ、ですか」

「いえ、たまたまです」

非常階段を昇りながら、貴子は課長代理の矢継ぎ早の質問に、内心で舌打ちをした。自分だって息切れしているくせに、どうしてこう、余計なことまで聞きたがるのだろう。

屋上に着いたときには、うっすらと汗ばんでいた。都心に比べればずっとまばらな街の灯が瞬《また》いて見える。耳元で風が鳴った。

設置されている常夜灯だけでは明かりが弱かった。制服の警察官が、懐中電灯でちょうど下に伊関逸子が倒れていると思われる辺りを照らした。からん、とした屋上の片隅に、ぽつりと取り残されたバッグがあった。それにも貴子は見覚えがあった。働く女を象徴するような、幅の広いまちのついているブランド物の革製バッグだ。風に吹かれながら、貴子はそのバッグを見下ろしていた。

——光栄ですわ。

長い髪を掻《か》き上げながら、優雅に微笑《ほほえ》んでいた彼女が思い出された。たった一度会ったきりだったが、衝撃と、どうして、何故《なぜ》という思いが、ようやく膨らんできた。

「ここから落ちたんだな」

いつの間に乗り越えたのか、二メートルはあるフェンスの向こうから、八十田が大きな声を出した。彼の向こうには、腰の高さほどの手すりしかない。白手袋をしたその手には、シャンパンゴールドの携帯電話が握られていた。

2

暑さの盛りも過ぎたというのに、街には未《いま》だにおへそを丸出しにしたような服装の娘が溢《あふ》れていた。まるで、襲って下さいと言っているようなものだ。昔は下心のある男の台詞《せりふ》だった「減るもんじゃないんだから」という言葉を平気で口にする彼女たちは、肉体そのものが減らなくても、その価値と魅力が「目減り」することには気付いていない。

吉祥寺で電車を降りると、貴子はそれらの若者たちを横目で眺めながら自宅へ向かって歩いた。駅前やメインストリートから少し外れれば、そこには静かな住宅街が広がって、道行く人の姿さえまばらになる。十分以上も歩いて、ようやくマンションが見えてきた頃、貴子は自分が素《す》の表情に戻るのを感じた。やっと長い一日が終わった。

「お疲れ。刑事さん」

振り返ると、マンションの前に停まっていた車の中から、濃いサングラスをかけた女が、煙草《たばこ》を吸いながらこちらを見ている。

「来てたの」

貴子は、真っ直《す》ぐに切り揃《そろ》えた前髪の下のサングラスをのぞき込んだ。深紅《しんく》に染められた唇が面白くもなさそうに「来てたわよ」と答える。

「電話の話だけじゃ、よく分からないじゃないの。今朝の新聞にだって、何も出てなかったし」

「まあ芸能人でもない限り、今どき飛び降り自殺くらいじゃあ新聞には載らないわね」

「それより車、停めたいんだけど。あんたんところで、いい？」

貴子は黙ってバッグからキーホルダーを取り出し、そこから、オートバイのキーを外した。勝手に動かしてくれという意味だ。

「私、先に入ってるから」

「いいわよ、掃除なんか。そう長居するつもりもないんだから」

「いくら何でも、今のまんまじゃ何を言われるか分からないの」

相手はくすりと笑うと、すぐに車のエンジンをかける。貴子は、急ぎ足でマンションに入った。この前の休日に掃除機をかけたし、それほど散らかっているわけではないが、突然の来客を迎えられるほどの片付きようでもない。とにかく、トイレの洋式便器の中をブラシでひと撫《な》でし、テーブルの上に散らばっている雑誌や古新聞の類《たぐい》を片付けて、部屋の空気を入れ換える。さらに、取り込んだままでソファーの上に山積みになっていた洗濯物の山をベッドの上に放り投げ、普段はしまい込んだままの灰皿を出したところで、玄関の扉が開いた。

「キー、下駄箱《げたばこ》の上に置いておくわよ」

ハスキーな低い声は、それにしても相変わらず大きなバイクね、などと呟きながら奥に入ってくる。

「こういう格好の私に、よくもまあ、あんな馬鹿でかいものを動かせなんて言えるわよね。あら、慌《あわ》てるほどの散らかりようでもないじゃない」

相手は、たった今、洗濯物を片付けたばかりのソファーに腰を下ろし、ようやくサングラスを外した。いつもと違わず、今日もしっかりと化粧を施された目元は、だが心なしか疲労をためているようだ。肩に触れるか触れないかの長さで切りそろえたボブの髪は艶《つや》やかな光を放ち、焦《こ》げ茶色の、スタンドカラーのシンプルなワンピースは、首の長い細面の顔によく似合っていた。

「コーヒーでいい？　ミルク、ないけど」

「私、ブラックだから平気」

慌ただしくコーヒーの支度をしながらキッチンからのぞくと、突然の来客は、ストッキングの足を組み、マニキュアの指先に煙草を挟んだまま、真っ直ぐに前を見つめていた。そこには、大きなタペストリーが架けられている。

全体に紺色の濃淡でまとめられており、所々に淡いピンクや緑色が織り込まれている作品は、海の底のようにも、森の奥のようにも感じられる、布ならではの風合いを生かした、この部屋で唯一《ゆいいつ》の装飾品だった。もらった当時は、特に何も感じなかったが、毎日眺めているうちに、作品の中に様々な風景が見られるようになって、貴子はそれが大いに気に入っていた。昨晩、目を見開いたままでビルから落ちた、伊関逸子の作品だ。

「何だか、せっかくの引越祝いにケチがついちゃったみたいねえ」

ハスキーな声が呟いた。その、とらえどころのない低めの声は、普段から、様々な感情が込められているように聞こえる。苛立《いらだ》ち、悲しみ、それに孤独。

「まあ、しばらくは思い出すだろうけど。いいのよ、結構、気に入ってるから」

貴子は台所から、出来るだけ穏やかな声で答えた。実のところ、当分の間はあの死に顔を思い出すに違いないと思う。まさか化けて出るとは思わないが、あまり気味の良いものでもないのは事実だ。

「それで、自殺っていうのは間違いないわけ？」

淹《い》れたてのコーヒーを運んで、ようやく向かい合って自分は床に置かれたクッションの上に座った途端、相手はすぐに本題に入ってきた。

「屋上に争った形跡はなかったし、フェンスの外にあった手すりにも、彼女の手と身体が触れた跡しか残ってなかったわ。落ちた場所とは反対側のフェンスが、一部分壊れてたの。そこからフェンスの外に出て、ぐるっと回り込んで落ちたっていう感じね。フェンスの外は土埃《つちぼこり》が被《かぶ》ってたけど、足跡は彼女のものだけ。靴は屋上に残されてた。服装に乱れはなし。何かを摑《つか》んでいたり、爪《つめ》の間に何かが残っているっていうこともなかった。もちろん、首に絞められた跡もなければ、他の部分に痣《あざ》らしいものもなかった。直接の死因は頸椎《けいつい》の骨折と頭蓋《ずがい》骨《こつ》損傷。即死ね」

「遺書は？」

「なし」

「それでも、間違いなく自殺なのね」

「不審者を見た人物でも現れない限りはね」

貴子は、コーヒーの湯気を吹きながら、改めて昨夜見た、伊関逸子の姿を思い出していた。

「だけど、どうしてよりによって府中なんかで死んだのかしら。伊関さんて、工房は八王子でしょう？」

少しの沈黙の後、貴子は振り返って背後のタペストリーを見上げながら呟《つぶや》いた。いくら家にいられる時間が少ないとはいえ、少しは潤《うるお》いのある暮らしをしなさいと、引越祝いにこのタペストリーをくれたのが目の前の人物だ。十年以上の付き合いになる相手を、だが、貴子はどうも「彼女」とは呼びにくい。何しろ、知り合った当時は、正真正銘の男だった。

「府中に思い出でも、あったのかしらね」

現在は村越安雲《あすみ》と名乗っているが、本名は村越鉄平という。かつて、貴子と同じ時期に青雲の志を抱いて――と、本人が自己紹介のときに言っていた。実際は、頑強なまでの親の勧めに逆らえなかった――警察官になった彼は、五年ほどで制服を脱いだ。今、黒く艶やかなボブカットの髪を揺らして、いつでも趣味の良いシンプルなワンピースをすっきりと着こなしている姿から、あの頃の彼を想像することは不可能に近い。

「思い当たる理由でもある？」

貴子は、改めて安雲の顔を見つめた。かつては自分も一人前の刑事になると言っていた友人は、合計すると幾らになるかも分からないような、いかにも高価そうな指輪を両手にいくつも光らせて、深々とため息をついた。

「あの人、プライドも高かったし、自分のスタイルは崩さない人だった――下らないことは言うくせに、大切なことは言わないのよね」

「何か、悩みでもあったの？」

「そりゃあ、四十何年生きてきて、何の悩みもない女なんかいやしないでしょうが。特に逸子は、独りだし、自由業だし」

貴子の印象では、伊関逸子という人は、いかにも自由で、自信に満ち溢れて見えた。貴子よりも一回り近く年上らしかったが、持ち物は一流、物腰は上品、その言葉遣いさえ、今時珍しいほどに優雅で、「わたくしはね」などという発音さえ、一朝一夕に身につけたものではないことを感じさせた。ほんの一時間程度、安雲の店で同じテーブルについただけだったが、貴子はたとえ十年たっても、あんな風にはなれないだろうと、ため息が出たものだ。

――光栄ですわ。こういうお嬢様のお宅に飾っていただけるなんて。

彼女は、自分の作品を持ってくれている人に出会うことは、案外珍しいのだと言い、「可愛《かわい》がって下さいね」と微笑んでいた。考えてみれば、あの時以来、貴子はこの夕べストリーが好きになったのかも知れない。

「でも、死ななきゃならないようなことがあったなんて——知らなかった」

「発作的っていうことは考えられない？」

貴子が聞くと、安雲は深々とため息をつき、考えられないことでもないだろうと答えた。

「結構エキセントリックな人だったことは確かだし、とにかく、爪の先から髪の先まで、正真正銘の女だったから。こんな言い方をすると、あんたは気味悪がるかも知れないけど、逸子ちゃんが自分の手で染めて、織り上げてきたのはね、あの人自身の、情念だって、いつか聞いたことがあるわ」

「——情念」

そこで、安雲は皮肉っぽく口元を歪《ゆが》めた。

「世の中にはねえ、音《おと》。男と別れたからって、バイクをぶっ飛ばすような女ばかりじゃないってこと」

「悪かったわね」

貴子は口を尖《とが》らせ、小さく鼻を鳴らした。貴子を「音」と呼ぶのは、今ではこの性別不明の友人だけになった。最近では、常に「おっちゃん」とばかり呼ばれている貴子にとって、その響きは、懐《なつ》かしさと共に、ある種のもの悲しさも含んでいる。別れた夫も、知り合った当時はいつでも貴子を「音」と呼んでいた。

「だけど、それにしても気に入らないわ。だって彼女、婚約中だったのよ」

「婚約中？」

安雲は口を尖らせて大きく頷《うなず》く。こういう仕草が、妙に女っぽい。真っ直ぐ切り揃えた髪がさらりと流れた。

「私、『馬鹿《ばか》ねえ、そんなことおやめなさい』って言ったのよ、ほら、あんたのことも見てるしさ。だけど彼女、これでやっと人並みの幸せが摑めるなんて言っちゃって。私の言うことになんか、まるで耳を貸そうとしなかった。あの時の音と、一緒」

「私のことはいいの。とにかく、じゃあ、婚約者と何かあったっていうこと？　それとも、マリッジブルーとか？」

「分からないわよ。だから、気に入らないんじゃない」

いつ会っても、寸分の隙《すき》もない程に完璧《かんぺき》に化粧をして、指先の仕草一つにも気を配っている安雲は、ワインレッドの爪で唇を押さえる仕草をしながら、苛立ったように宙を睨《にら》み付けている。ある日突然「あんただから言うんだからね」と自分の秘密を明かし、その直後に職場を去った元警察官のおかまは、その後、夜の新宿で仕事を始め、今から四、五年前、三十歳になる少し前に、麻布に自分の店を持った。伊関逸子とは、店の経営者と客として知り合ったという。

「――納得出来ない。こんな形で死なれて、『あらそう、残念ね』で済ますわけに、いかない」

長いつけまつげを伏せて、安雲は深々とため息をついた。身体《からだ》には手を加えていない彼は、唯一、ホルモン注射だけをしているという。もともと、手足が長くてすらりとした長身だったが、警察を辞めてから半年ほどは貴子にも連絡を寄越さず、その間に涙ぐましいほどのダイエットを敢行した結果、スーパーモデル風の体型を手に入れて、再び貴子の前に現れた。その安雲が、伊関逸子と並んでいると、ある種異様な程の迫力が生まれたことを、貴子も覚えている。

「あの人、人生は戦いだって、そう言い切るような人だったのよ。自分は常に勝負をかけてきたって、いつもそう言ってた。そんな人が、マリッジブルー？　自殺すると思う？」

「じゃあ、自殺するはずのない人が、ビルから落ちたっていうの？」

「だって、普通なら考えられないじゃない。それに、これだけは言える」

安雲は、真っ直ぐにこちらを見た。完璧な男だったときには分からなかったのだが、彼の顔立ちは化粧映えがする。こうして見つめられると、つい視線を逸《そ》らしたくなるような迫力さえ持っている。

「犬死にするような女じゃない。ただ、涙にくれてビルから落ちるような、そんな女じゃないっていうことよ」

3

逸子の葬儀は、彼女がこよなく愛していたという八王子の工房で、ひっそりと執り行われた。安雲が訪ねてきた翌日は、仕事は休みだったから、貴子は、安雲と共に葬儀に参列した。それほどの付き合いではないからと随分渋ったのに、安雲が承知しなかったからだ。

「縁がなかったわけじゃないわ。それに、あんたが誰よりも先に彼女を見つけたんじゃないの」

だがそれは、ある意味で適当な理由付けだった。安雲は、逸子が自殺したことを納得できずにいたのだ。葬儀には、彼女の友人や知人が集まってくる。もちろん、婚約者も来るだろう。警察手帳をちらつかせれば、大概の話は聞き出せるはずだと言ったときの安雲の表情は、どこか思い詰めた気配さえ漂わせていた。

「警察の判断を疑うの？」

「そうは言ってないわよ。でもね、前々から思ってたんだけど、誰かに追い詰められて自殺した場合って、結局は間接的な殺人だと思うのよ、私。でも、そういう場合は、別に法的に裁かれるわけじゃない。本当なら、そういう奴《やつ》は、それなりの制裁を受けるべきだわ」

安雲は、逸子を追い詰めた相手を突き止めたいらしかった。貴子は、もしもそういう人間が存在すると分かった場合、安雲はどういう手段に出るのだろうかと考えた。物騒なことを考えられては困るのだ。だが、安雲は貴子の考えを読みとったように、不敵な笑みを浮かべて、馬鹿なことはしないからと言った。

「私だって自分の人生が大事だもの。それでも、相手の顔くらい、見たいじゃない」

結局、安雲に押し切られる形で、貴子は久しぶりに喪服に袖《そで》を通し、彼の駆る車で八王子に向かうことになった。

寺や斎場での葬儀ではなく、しかも無宗教ということで、伊関逸子の告別式は、奇妙に乾いた雰囲気の、主賓のいないパーティーのようなものになった。山に囲まれた、鄙《ひな》びた一軒家には、鯨幕《くじらまく》の代わりに逸子の手によるものと思われる様々な布が張り巡らされ、香が焚《た》かれて、部屋の正面には、あでやかに微笑《ほほえ》む逸子の写真が掲げられている。逸子の棺は、緞子《どんす》のような布に包まれて、写真の前に安置されていた。

「彼女、母親が二、三年前に亡《な》くなって、身内らしい身内はいなかったらしいわ」

見る人が見れば、一見しておかまと分かる安雲と共に葬列に加わると、周囲からはどういう目を向けられるか、少しばかり心配だったのだが、それは杞憂《きゆう》に終わった。喪主もはっきりせず、逸子が契約していた画廊の女性オーナーが世話人となったらしい告別式には、髪の色も肌の色も様々な人ばかりで、常識的な喪服姿の人間の方が少ないくらいだ。

何か変だと思ったら、読経《どきよう》が流れていないばかりでなく、葬儀につきもののすすり泣き一つ聞こえてこないのだと気がついた。参列者のざわめきと、小さな音量で、何かの音楽が流れているだけの工房は、それこそ告別式会場というより、個展の会場のようでもあった。

「私、適当にやってるから。音は、ね」

焼香代わりの献花を済ませると、安雲が耳元で囁《ささや》いた。職務から離れて聞き込みをすることなど、これまでに経験のないことだ。貴子は、上目遣いに友人を軽く睨む真似《まね》をして、微《かす》かにため息をついた。ここまで来たら仕方がない。他ならぬ安雲の為《ため》だし、貴子だって、逸子の背後関係には興味がある。第一、一〇〇パーセント自殺だと断言することは、何となく躊躇《ためら》われた。単に事故や他殺の可能性が考えにくいから自殺に違いないと、そういう結論の下し方も、何だかいい加減だという気がした。特に身近な者にとっては、その思いが強いはずだ。

「警察の方？　事件の可能性でも、あるんですか」

最初に近付いたのは、今日の世話人となっている画廊の女性オーナーだった。六十は過ぎているだろうか、ほとんど真っ白に近い髪を引っ詰めにして、さほど化粧もしていないが、眉《まゆ》だけを細く長く描いており、耳元のパールのイヤリングばかりが異様に大きいのが印象に残る。

「そういうわけではありません。ただ、自殺の動機が今一つ見えてこないという話でしたので」

ちらりと見せた警察手帳を素早くしまい込みながら、貴子はオーナーを見つめた。

「動機ねえ」と、イヤリングに勝るとも劣らない大粒のパールの指輪が輝く手を頬に添えて、彼女は深々とため息をついた。

「あるって言えば、あったとは思います。あの人は、何ていうかこう——難しい人でしたから」

「難しい？　どういう意味で、ですか」

「あらゆる意味で、かしら」

彼女は曖昧《あいまい》な笑みを浮かべ、こうして最後まで、人を慌《あわ》てさせるくらいなのだから、と呟いた。

「でも、伊関さんは婚約者がいらしたんじゃないんですか？　今が一番お幸せな時のはずだって聞いたんですが」

女性オーナーは、相変わらず困惑気味の笑みを浮かべたままで、「そうねえ」と頬をさすっている。婚約については、本人からちらりと聞いただけで、相手のことも何も知らないという。

「まあ、彼女の『婚約』っていうのは、何も今回が初めてでも、ありませんでしたのでね」

それから、彼女ははっとしたようにごまかす笑いを浮かべた。

「私は、仕事上でのおつきあいだけでしたから。詳しいことでしたら、個人的におつきあいのあった方々にお聞きになられた方が、よろしいんじゃありません？」

彼女は告別式の会場をざっと見回し、ちょうど逸子の写真の斜め前辺りで、数人で立ち話をしている集団を指した。

「ほら、あそこに髪を後ろで一つにまとめている男性がいますでしょう？　彼なんか、詳しいんじゃないかしら。その隣の、額にバンダナを巻いている、彼でもいいわね」

「どなた、ですか？」

「逸子さんの、以前の恋人です」

「どちらが」

「両方」

女性オーナーは目元だけで微笑むと、そのまま離れていこうとする。貴子は、慌ててその前に立ちはだかった。

「お仕事相手としてで結構ですから、伊関逸子さんは、どういう方に見えましたか」

オーナーは、「どういう方、ねえ」と、どこか人を小馬鹿にしたような笑みを浮かべて貴子を見ている。貴子は、小さく頷いて見せながら、こういうタイプの女が自分の身近にいなくてよかったと思っていた。亀《かめ》の甲より年の功。分かってはいるが、それを武器にされてはたまらない。亀なら何でもかんでも鼈甲《べっこう》になるというものでもない。

「才能は、ありましたよ。でも、仕事にはムラがあったわね。やるときはやるけど、気が乗らないと全然駄目。だから、個展やデパートの展示会なんかを企画しても、何回か流れたこともあったし。そういう意味では、いかにも芸術家っていうのかしら、とにかく、私生活に左右される人でしたよね」

「私生活、ですか」

そこで、彼女はわざとらしく目を細めて、ほんのりと微笑んだ。本当に亀みたいな目つきだと思った。

「まあ、私も長くお付き合いさせていただいてきたんだし、彼女にはほら、もう身内らしい身内がいませんから、今日もこうしていますけど、扱いにくいことは確かだったわ。とにかく結婚願望が人一倍強かったんです。だけど、誰と付き合っても長続きしなくて、その度にひと騒動、巻き起こして。まあ、その辺も含めて、難しい人だって言ったつもりなんですが」

「なるほど」

「今日だって、本当なら婚約者が来てるはずでしょう？　だけど、来てないっていうことは、ねえ。どうなっていたんだか」

「親しいお友達などは」

「どうかしらねえ。私から見ると、あの人の頭の中は、結婚のことと自分の作品のこと以外、何もないように思えましたけど。同性のお友達のことなんかは、聞いたことはないですね」

ちょうど誰かに呼ばれて、亀のような目つきの女性オーナーは、何か分かったら自分の方が知りたいくらいだと言い残し、小さく会釈《えしゃく》をして離れていった。

結婚願望。難しい性格。現れない婚約者。どうも、穏やかでない話ばかりだ。第一、葬儀委員を引き受けている人の言葉としては、あまりにも悪意に満ちている気がする。伊関逸子という人は、それほど周囲から孤立していたのだろうか。

辺りを見回すと、安雲は安雲で、誰かと話し込んでいる最中だった。長身な上に、つばの広い、黒い帽子をかぶり、やはりスタンドカラーのシンプルなワンピースを着ている彼は、遠くからでもすぐに見つかる。貴子は取りあえず、読経の代わりに音楽が流れる工房に戻ってみた。周囲を取り囲んでいる布の中には、貴子の部屋に掛けられているタペストリーと同じトーンの作品も数多く見られた。全体に青と緑の濃淡を主体とした布が大半を占め、アクセントとして黄や橙《だいだい》、赤や白などが使われている布ばかりの世界は、深い森の中のようでもあり、棺の中の逸子は、さながら「眠れる森の美女」といったところだろうか。だが、女性オーナーの言葉を裏付けるように、確かに女性の参列者は極端に少ないようだ。

「死んだ人のことは、あれこれ言いたくないからね」

以前の恋人だと教えられた、髪を一つに結わえている男に声をかけると、彼は明らかに迷惑そうな表情で、まずそう言った。貴子は警察手帳を見せながら、故人の背後関係と人となりを知りたいのだと説明した。彼は、少しばかり意外そうな顔をして手帳と貴子とを見比べていたが、やがて周囲の男たちと顔を見合わせ、「警察なら仕方がないか」と、観念したように肩をすくめて見せた。

「たった今、話してたところなんですよ。正直なところ、こうなる前に、付き合いが切れてて良かったたってね」

男が差し出した名刺には氏名と共に飾り文字で「GRAPHIC DESIGNER」という肩書きが刷り込まれていた。年の頃は四十五、六というところだろうか、よく日焼けした顔は整っていると共に表情も豊かで、いかにも自由業らしい、ラフな雰囲気を漂わせている。

「難しい方だったと、伺っていますが」

「難しいねえ——そうだな。難しかった」

男はため息混じりに呟《つぶや》いた。そして、逸子との関係は一年足らずで終わったと言った。

「こっちの彼もね、似たようなもんです」

グラフィック・デザイナーは隣に立っていた、額にバンダナを巻いた男を指して、複雑な笑みを浮かべた。

「たまたま、仕事上の知り合いだったんですけど、まあ、色々苦労させられたもんだよな」

「お互いな」

苦笑しながら頷《うなず》いた男は、版画家だという話だった。彼と逸子との歴史も、程度の違いこそあれデザイナーと大差なかった。彼らの口から語られた逸子との関係は、最初は甘く、切なく、やがて重く、疎《うと》ましくなって、最後には怒りを通り越して恐怖心を抱かせるほどに、黒々とした不気味な激しさを示していた。

「本人を前にして、こんなことは言いたくないけど、こうして最後の挨拶《あいさつ》に来ただけでも、かなりの誠意だと思ってるんです」

「後から分かったことですけどね、彼も、そして僕も、彼女からは同じことをされてる。それ、何だと思います？」

貴子は小首を傾《かし》げて男たちの顔を見ていた。彼らの持っている雰囲気は、柔らかく洗練されていて、日頃、貴子の周囲にいる男たちとはまるで違っていた。ああ、こんな世界もあるのだ、こういう男たちに囲まれた生活もある。そう考えると、逸子が羨《うらや》ましくさえ思われるのに、彼らの話は、そんな考えをいとも簡単に打ち砕いた。

「わざわざ電話で呼び出しておいてね、目の前で死のうとするんですよ」

「玄関を開けると、手首にナイフを当てて、待ち構えてるってことが、あったんです」

「別れ話が出た時にも、実際に手首を切られましたからね」

「そんな——」

だが、彼らが嘘《うそ》を言っているとは思えなかった。伊関逸子という人は、非常に感情の起伏が激しく、また嫉妬《しっと》深い性格で、自分の中で小さな疑惑が芽吹くと、何度否定して見せても、絶対に納得しなかったのだという。そして、一人で泣きわめき、相手を責め苛《さいな》み、自分の不幸を嘆き続けた挙げ句、死ぬという言葉を口にする。

そういうことが、二度、三度とあったというのだ。身に覚えもないことで振り回された末に、「どう責任をとってくれるの」と詰め寄られ、死ぬ死なないの修羅場《しゅらば》を見せつけられて、男たちは誰もが疲れ果てた。それで離れようとすると、本当に手首を切ったという。聞いていて、眉をひそめたのが自分でも感じられる話だった。

「もう、くたくたになりますよ。最初はいくら可愛《かわい》く思って、守ってやりたいと思っても、ジェットコースターみたいに不安定な、それもすぐに手首を切るような女と、所帯を持ちたいとは思わないでしょう」

確かにそれはそうだ。すると、彼女は今度こそ、誰かに当てつけるために死んだというのだろうか。

「内心ほっとしてるのは、僕たちだけじゃないはずですよ」

最後にバンダナの男は言った。

「一番ほっとしてる人が、いるはずなんだ」

彼らは薄く笑いながら、ここには来ていないようだがと言った。最後くらい、顔を見せてやればいいのにと。

「今の婚約者の方ですか」

だが、バンダナの男はいや、と頭を振った。新しい婚約者がいるという噂《うわさ》は聞いているが、その男も自分たちも大差ないだろうと彼は言った。

「要するに僕らっていうのはね、彼女が、ある人から離れるために必要だったっていうことらしいんです」

「逸子は、一人ではいられない女だったんでしょう。だから、何とか他の相手を見つけて、今度こそ、がっちり自分のものにしたかったたっていうことです」

「焦《あせ》った挙げ句、年がら年中、騒ぎを起こしてたのかも知れませんけどね。まあ、今にして思えば哀れな女では、ありましたよ」

だが、その相手については、彼らは名前までは知らないと言った。貴子に分かったことは、伊関逸子という女性の死は、一部の人たちにとっては決して唐突な出来事ではなく、さらに、彼らからは、ある程度の諦観《ていかん》と安堵《あんど》を伴って受け容《い》れられたということだった。

4

何とも寒々しい気持ちで葬儀の会場を後にした。貴子はしばらくの間、ハンドルを握る安雲の隣で黙り込んでいた。逸子と関係のあった男たちから聞き出した話を、果たしてそのまま安雲に聞かせて良いものかどうか、迷いがあった。彼と逸子との関わり方が今一つ分からない以上、聞かせない方が良いような気もする。

だが、貴子があれこれと考えを巡らしている間に、安雲の方が、逸子には二十年以上も付き合っていた男がいたらしいと口を開いた。彼は彼で、やはり周囲の人たちから情報を得ようとしていたらしい。

「それが、有名な小説家だって」

グラフィック・デザイナーに版画家、そして今度は小説家か。逸子の周囲は、何と華やかだったことだろうか。まさしく貴子とは別世界に生きた人なのだと、つくづく思う。そんな人たちから見たら、自分は何と地味な、味気ない世界にいることだろう。だが、それでも逸子は幸福ではなかったのだ。あんなに優雅であでやかな雰囲気を振りまきながら、その一方では陰惨なほどの愛憎劇を果てしなく繰り返していたのだと思うと、哀れにも、空恐ろしくも思えて、結局、出るのはため息ばかりだった。

「知ってる？　二村浩一郎《にむらこういちろう》」

「名前はね。読んだことはないけど。でも、随分昔の人じゃないの？」

「馬鹿《ばか》ねえ、まだ生きてるわよ。多分、もう結構な年だろうとは思うけど」

今は帽子をとり、実はハイヒールも脱いでアクセルを踏んでいる安雲の横顔から、彼の思いを読みとることは難しかった。ただでさえ、安雲は感情を表に出さない。その上、いつでもしっかりと化粧をしているのだから余計に分かりにくかった。その横顔にブラックパールのピアスがよく似合っている。

「二十年以上っていったら――」

「逸子が学生の頃からの付き合いらしいわ。もちろん、その頃にはもう大先生で、当然のことながら、家庭持ち」

「その人と、ずっと付き合ってたの」

安雲の横顔がゆっくりと頷く。そして彼は、そんな男の存在は、生前の逸子から一度も聞いたことはなかったと呟いた。

「でも、今日は顔を見せなかったみたいだって。どういう考えでいるのかしら」

「まさか、逸子が死んだことも知らないんじゃないでしょうね。まあ、誰かが知らせない限りは分からないわよね」

「それくらい、知らせてるんじゃない？」

「分からないわよ。それに、もしかしたら奥さんが連絡を受けて、黙ってるっていう可能性も考えられない？　何せ二十年以上も付き合ってたんだとしたら、奥さんにだってばれてる可能性、大じゃない」

「そうかしら」

「もう、気のない返事ね。ちょっと、そのじじいの顔、見てみたいと思わない？　どうして今日来なかったのか、聞いてみたいわ」

「ねえ」

貴子は、改めて安雲を見つめた。「なあに」と答える安雲の声は、狭い車内であることと、他に誰もいないせいか、昔からの完全な男の声に近い。

「どうしてそんなに、こだわるの」

「こだわるって？」

「逸子さんのことに。あんたたち、どういう付き合いだったの」

「どうって――友だちよ」

「――」

「——ただの、友だち？」

その途端、ほほほ、というかすれた笑いが車内に満ちた。安雲の横顔が、無表情のままで口を開けている。

「恋愛でもしてるっていうの？　馬鹿」

「そうは言わないけど——」

それからしばらく、二人は口を噤《つぐ》んでいた。貴子は、男たちから聞いた逸子の横顔を語らずにいた。もちろん全部、言ってしまいたい気持ちもある。彼女って、男の前で手首を切って見せたんだって？　何かあると、すぐに死ぬって言い出す癖があったそうね——。画廊のオーナーも同性の友だちは少ないと言っていたが、確かにそういうタイプの人は、女同士でも付き合いづらいに違いないと思う。よりによって、安雲はよくそんな人と親しくできていたものだ。

だがそれは、本人の葬儀の日には、あまりにもふさわしくない話題に思われた。それに、半ば面白がっているかのように、そんなことを口にする自分は、もしかすると奇妙に歪《ゆが》んだ嫉妬に駆られているのではないかという気もする。嫉妬？　どうして？　女に興味のない安雲を挟んで、しかも既に死者となった人と張り合うなんて、馬鹿げている。

「私はね、本当のことが知りたいだけ」

安雲は、ぽつりと呟いた。そして、貴子に相談もせず、十六号線を南に向かい始める。

「これ、どこに向かってるの」

「二村浩一郎って、鎌倉に住んでるそうよ」

「住所知ってるの」

「知らない。あんた、何とかならない？」

「なるわけ、ないじゃない」

呆《あき》れている貴子にはお構いなしに、安雲はひたすら鎌倉を目指すつもりらしかった。目の前に海が開けた頃には、昼をだいぶ回っていた。辻堂《つじどう》辺りまで来て、ようやく海沿いに建つ小さなイタリアンレストランを見つけると、安雲はまたもや勝手に車を停めた。だが、文句は言わない。二人とも空腹なことは分かっていた。

他に客のいないレストランで、貴子は安雲と向かい合って、海を眺めながらパスタとサラダを食べた。昼の光を浴び、しかも海を眺めながら安雲と食事を共にするなんて、もしかすると初めてのことだ。おまけに、揃《そろ》って喪服姿で。

最後にコーヒーが運ばれてくると、彼は黒いエナメルのバッグから携帯電話を取り出して、どこかの知り合いに連絡を入れ、二村浩一郎の住所を聞き出した。それを眺めながら、貴子はふと、逸子が飛び降りた屋上のことを思い出していた。あそこにも、携帯電話が残されていた。他の荷物とは離れて、逸子が飛び降りたその場所に。

「ちょっと、私にも貸して」

貴子が手を伸ばすと、安雲は気軽に自分の携帯電話を差し出す。携帯電話を持っていない貴子は、その使い方が、もう一つよく分からなかった。

「これ、リダイヤルって出来るの」

安雲はもちろん、というように軽く顎《あご》をしゃくると、再び長い手を伸ばしてきて、マニキュアの施された指先でリダイヤルボタンを示してくれた。貴子はなるほど、と頷いた後で、今度は電話のかけ方を教わった。

「あんたも、好《い》い加減に持ちなさいよ」

生返事をしながら、取りあえず自分の職場に電話をする。そこから北府中署に電話を回してもらい、貴子は逸子が死んだ晩に、府中の現場でやたらしつこく自分に話しかけてきていた刑事課長代理を呼び出してもらった。機捜の音道と名乗ると、代理はすぐに思い出した様子で「おやおや」と言った。

「驚いたな、あんたから電話をもらうとは思いませんでした」

妙にはしゃいだ声で言われて、貴子は息切れをしながら非常階段を上っていたときの代理の顔を思い出した。

「あの時の、伊関逸子の件なんですが、彼女の持ち物は、どうなりましたでしょう」

「持ち物？　ああ、鞄《かばん》か」

それから代理は「ちょっと待ってて」と言ったまま、しばらく受話器を手で押さえて、誰かに何か話しかけている。携帯電話は、普通の電話よりも通話料が高いと聞いている。人の電話を借りて、しかも湘南から電話をしているのだと思うと、気が気ではなかった。二、三分も待たされてから、ようやく代理の声が「もしもし」と言った。

「あの人、身内がいなかったんだよね。それで、何とかいう画廊の社長が、遺体を引き取りに来たときに、一緒に持って帰ったはずだそうだがね」

「その社長って、女性ですか。六十前後の」

再び少しの間待たされた後、代理のその通りだという答えを聞いた。貴子は、簡単に礼を言うと、電話を切ろうとして、その方法が分からず、戸惑ったままで電話を安雲に差し出した。彼は、ピッという音をさせて電話のどこかを押し、バッグの中にしまい込んだ。

「どういうこと」

彼は改めてこちらを見た。貴子は、屋上に残されていた携帯電話の話をした。

「手すりの、すぐ前に落ちてたの。他の荷物からは明らかに離れてね」

「じゃあ、逸子は最後にあそこから、誰かに電話してたっていうの？」

「考えられると思わない？　もしも、電話がそのままの状態で保管してあれば、通話記録なんか調べなくても、リダイヤルボタンを押せば分かるんでしょう？」

安雲は、食事の後で口紅の落ちた口元をわずかに尖《とが》らせ、「電話ねえ」と考え深い表情で呟いた。

——わざわざ電話で呼び出しておいてね、目の前で死のうとするんですよ。

二十年間、付き合いの続いていた愛人がいるという。その一方で、彼女には婚約者がいた。二人とも、今日の葬儀には顔を出していない。どうしても離れることの出来ない愛人を何とか吹っ切るために、次々と新しい相手を求め、結論を出そうとしていた伊関逸子が、最後に電話をかけたのは、どちらだったのだろうか。誰に、自分の死を見せようとしたのだろう。

「ちょっと」

気がつくと、コーヒーカップを持ち上げたまま、安雲がこちらを睨《にら》み付けていた。

「そう言えば、あんたの話、まるで聞いてなかったわね」

「——」

「何か、分かったことがあるんでしょう？」

「——鎌倉の先生に会ったら、あの画廊のオーナーに、もう一度会いに行かない？　とにかく、電話のことを確かめたいの」

「——あんたが仕入れた話は、その後で聞かせてくれるわけ？」

「話せると判断したらね」

「嫌な感じ。刑事丸出し」

「そんなこと、ありません」

「あります。何よ、秘密めかしちゃってさ」

安雲は小さく鼻を鳴らすと、伝票を摑《つか》んでさっと立ち上がった。貴子は自分も急いで立ち上がりながら、狭い店の片隅で、アルバイト風の店員が不思議そうな顔をしているのに気がついた。おかまと女刑事のやりとりを聞かれただろうかと思ったが、別に構うことではなかった。

夕方に差し掛かって、ようやく探し当てた二村浩一郎の家のインターホンを鳴らすと、だが、応対に出た声は、「主人は亡《な》くなりましたが」と答えた。貴子は安雲と顔を見合わせた。

「――亡くなったんですか」

「主人に、何かご用でございましたでしょうか」

ひび割れた低い声は、故人の妻らしいと思われた。インターホンを通して、家の中のひっそりとした雰囲気が伝わってくるようだ。

「いつ、亡くなられたんでしょうか」

「先月、ちょうどお盆の、十五日でございます」

「あの、ご病気で」

相手は、心筋梗塞《こうそく》という言葉を、かなりゆっくり、嚙《か》みしめるように言った。

「なにぶん、急でございましたものですから」

安雲は焼香をさせて欲しいと申し出た。だが、インターホン越しの声が「それは」と口ごもっている間に、貴子が引き留めた。主人の死を知らなかった二人が、揃って喪服を着ているのはおかしい。ジェスチャーで自分たちの服装のことを示すと、安雲ははっとした顔になって「無理にとは申しません」と付け加えた。

「さようですか？　ただいま、ちょっと取り込んでいるものでございますから」

見知らぬ人間が突然訪ねてきたことに、警戒心を抱いているだけのことかも知れない。安雲は、また改めて伺うからなどと適当なことを言って、インターホンに頭を下げた。返事の代わりに、ぷつり、と受話器を戻された音が聞こえた。

「死んでたの。大先生」

車に戻ると、安雲は深々とため息をついた。貴子にとっても、それは意外な展開だった。結局は結ばれることのなかった愛人は死んでいた。すると、伊関逸子は二村の後を追ったのだろうか。それなら、最後に電話をかけた相手は誰だったのだろう。こうなると、唯一《ゆいいつ》考えられるのは、婚約者だけという気がする。愛人に死なれた上に、ようやく婚約までこぎ着けた相手に見切りをつけられたか何かで、絶望して死んだということなのだろうか。

「あの人、多分奥さんだったわよね。逸子のこと、聞いてみればよかったかしら」

走り始めてしばらくしてから、安雲が口を開いた。貴子は顔をしかめて隣を見た。

「悪趣味ね」と言っても、安雲は澄ました顔をしている。

「何も知らなかったとしたら可哀相《かわいそう》だし、知ってたとしても、最後まで耐えて死に水をとった人を、これ以上、苦しめることなんかないじゃない」

「耐えるばっかりの可哀相な妻だったかどうかなんて、分からないわよ。別れないことが、復讐《ふくしゅう》って場合もあるんだから」

「でも、苦しんだことは間違いないわよ」

「あんたねえ」

そこで、安雲は「煙草《たばこ》」と言う。ハンドルを握っている彼の為《ため》に煙草を取り出して、その指に挟んでやりながら、ふと、これが本当の男だったらと思った。勿体《もったい》ない話だ。

「世の中、そういう健気《けなげ》で常識的な女ばっかりじゃないのよ。愛情以外のエネルギーで生きてる女なんか、掃いて捨てるほどいるじゃない。意地と見栄《みえ》と損得勘定と、執念」

「随分、意地の悪い言い方するのね」

「当たり前よ。女は私の敵だもん」

さらりと言ってのけると、安雲はにやりと笑った。貴子は、深々とため息をつきながら、「悪かったわね」と呟《つぶや》いた。

5

安雲の店は、午後九時から開店する。開店前には、着替えはもちろん、念入りに髭《ひげ》を剃《そ》り、化粧もし直さなければならない彼にとっては、八時には店に入りたいはずだった。東京に着く頃には既に日暮れが迫っていたから、貴子は、続きは自分一人でやるからと申し出たが、彼は言うことを聞かなかった。

「ここからいよいよクライマックスっていうときに、音だけに任せられると思う？」

「何でよ、そんなに信じられないの？」

「だって、あんたって急に刑事になるから。大事なことに限って、教えてくれないかも知れないでしょう」

途中で運転を代わって、貴子がハンドルを握ってから、安雲は数カ所に電話を入れ、逸子の契約していた画廊のオーナーの居場所を探し出した。そして、彼女が今も逸子のバッグを保管していることを確かめた上で、彼は今日は時間の都合がつかないと渋っているらしい相手から、かなり強引に約束を取り付けた。

「銀座二丁目の画廊。六時までしか、その場所にいないんだって。ほら、急いでよ」

夕暮れの渋滞の中で、貴子はやはり、そんな安雲の熱意にこだわっていた。女は自分の敵だと言い放ちながら、暴《あば》けば暴くほど幻滅するに違いない友人の素顔を、どうしてこんなにも知りたがるのか。逸子の死の真相よりも、そっちの方が今は心に引っかかっている。だが、自分からそれ以上に相手の心を探ろうとすることは、お互いの為にならないような気もした。

夕暮れが随分早くなっていた。彼岸も過ぎているのだから当然のことだが、これからはますます夜が長くなる。やがて、また木枯らしが吹く季節になるだろう。その頃になっても、やはり自分は今のリズムで三日に一度ずつ、夜の街を走り続けるのだろうか。そう思うと、少しばかり憂鬱《ゆううつ》になった。同じ女でありながら、伊関逸子とはまるで違う日々だ。

約束の場所に行くと、一日中、喪服で動き回っていた貴子たちと違って、女性オーナーは淡い紫色のスーツに着替えていた。引っ詰めの白髪にスーツはよく映えて、イヤリングも大粒のダイヤモンドに代わっている。貴子の身分を知っている彼女は、安雲と貴子とを見比べて、わずかに胡散《うさん》臭そうな、不愉快そうな顔をした。

「これは、警察にお渡しする、ということなんですか」

見覚えのあるバッグを差し出しながら、彼女は試すような目つきでこちらを見た。貴子は、伊関逸子の件に関しては、あくまでも自殺で処理されているから、警察が彼女の荷物を預かるということはないと、念を押すように言った。変に誤解をされて、話がどこをどう回るか分からない。貴子が職場に無断で、こんなことをしていることが分かったら、面倒なことになる。

「伊関さんの死に関して、いちばん疑問を持っているのは、この人なんです。それに、これから伊関さんの婚約者にも会ってみるつもりです。もしかすると、その方がお持ちになるのが、一番いいかも知れません」

貴子の説明に、オーナーは一応は納得したように頷《うなず》いた。もともと、自分が持っていても仕方がない物だからと言ったときの彼女の顔からは、厄介払いでもするような表情が読んで取れた。

車に戻ると、安雲はまずゆっくりと煙草を吸った。貴子は、開け放った窓からぼんやりと街行く人を眺めていた。こんなコンクリートだらけの街なのに、やはりコオロギの鳴く声が聞こえる。

ふうっと聞こえるように煙草の煙を吐き出して、安雲がようやく「さて」と言った。それを合図のように、貴子は膝《ひざ》にのせていた逸子のバッグを開き、中を探った。既に主のいなくなった手帳や化粧ポーチ、財布などと一緒に、シャンパンゴールドの携帯電話が入っていた。貴子は、黙ってそれを安雲に差し出した。彼は小さく深呼吸をしながら、逸子の電話を受け取った。

「電池が切れてたら駄目だと思ったんだけど、大丈夫みたい」

そして、小さなボタンをいくつか押す。安雲の口から「やっぱり」という声が洩れた。

「音、あんたの言う通りだったわ。あの人、飛び降りた夜に電話してる」

「リダイヤル、してみたら」

安雲は小さく頷いたが、しばらくの間、じっと電話を見つめていた。一体、自分たちは何をしようとしているのだろうと、ふと思う。丸一日をかけて、何を知ろうというのだろう。その思いは、安雲にしても同じかも知れなかった。コオロギの声だけが、沈黙を埋めていく。

やがて、安雲はピッピッと携帯電話のボタンを押すと、そのまま貴子に突きつけてきた。

「あんた、喋《しゃべ》って」

貴子は、慌《あわ》てて電話を耳につけた。数回のコール音の後、男の声が「もしもし」と言った。伊関逸子を知っているかとたずねると、電話の相手は「お宅は」と言った。

「警察の者です。失礼ですが、伊関逸子さん、ご存じですね」

少しの間をおいて、男の声は、知っていると答えた。貴子は安雲に向かって大きく頷いて見せながら、逸子が死亡したことを知っているかという質問をぶつけた。再び、沈黙の後で「なんですか、それ」という声が返ってくる。声の感じからすると、かなり若いようだ。

「ご存じなかったんですか」

「――いつです」

「一昨日」

「一昨日？」

「今日が、告別式でした」

「――じゃあ、本当なんですか」

白を切っているのかどうかまでは分からない。貴子は、とにかくこれから話を聞きに行きたいと申し出た。そして、大橋と名乗る男に自分たちは喪服の二人連れだからすぐに分かるだろうと説明をして、一時間後に新宿のホテルで会う約束を取り付けた。

「知らなかったみたいよ」

「だって、飛び降りる直前に、屋上から電話してるかも知れないわけでしょう？　普通に考えれば、遺言でも残しそうなものじゃない。第一、婚約者なのに誰からも連絡なかったのかしら」

貴子は、もっと違う想像をしていた。これまでにも何度となく、男の目の前で死のうとしたという逸子のことだ。今回も電話で呼び出しておいて、宙を舞う自分の姿を見せたのではないか、地上と屋上とで言葉を交わした後、死んで見せたのではないかと、そんなことを考えていた。その場面を思い描いてさえいたのだ。だからこそ、逸子のそんな生臭い部分を、安雲には知られたくないと思った。同性として、せめて、それくらいは隠しておきたかった。

「彼女とは先月、別れたんです。それきり、会っていません」

約束の場所に着くと、だが、先に来ていた大橋という男は、青ざめた顔でそう言った。三十前後というところか、貴子よりも年下に見える彼は、趣味の良いスーツを着こなし、ブリーフケースを提げていた。差し出された名刺には、横文字の会社名と、取締役社長という肩書きが刷り込まれていた。いわゆる青年実業家というところらしい。

「でも、お話しにはなったんじゃないんですか」

彼は動揺を隠せない様子で、貴子の質問に対しても即座に答えられず、そわそわと落ち着きなく手を動かしたり視線をさまよわせたりしていた。貴子が繰り返して同じ質問をすると、ようやく我に返った様子で、改めて電話でならば何度か話したと答えた。

「最後にお話しになったのは、いつですか」

「――一昨日、です」

「一昨日の何時頃でしょう」

男の喉仏《のどぼとけ》が大きく上下に動くのが見えた。両手を組み合わせ、その指先が白くなるほどに力を入れて、やがて彼は午後十時頃だと答えた。

「大橋さんから電話なさったんですか」

「向こうからかかってきました。僕からは、電話しないで欲しいと言われてましたから」

「その電話を、どこで受けられました？」

「――」

「失礼ですが、その時、どんなお話をされたんでしょう」

「――」

明らかに動揺している。貴子は、安雲と視線を交わしあい、少しの間、相手の出方を待つことにした。

警察の者が、女装した男と共に行動することについて、大橋がどう思うか、わずかな不安がないわけではなかったが、彼は安雲の存在は逸子から聞いていたと言った。同性の友人が極端に少なかった逸子は、安雲の存在を「女同士の付き合いよりも、気楽で本物らしい」と言っていたという。それを聞いたとき、安雲の瞳《ひとみ》が初めて大きく揺れた。ホテルのラウンジのほの暗い照明の中で、貴子は一瞬、安雲が涙をこぼすのではないかと、思わず目をそらしてしまった。しばらくすると、大橋はようやく口を開いた。

「あの時――僕は他の女性と一緒にいたんです。先月、急に別れたいと言い出されて、理由も分からないままで、どうすればいいのか分からなくて――少しは気を紛らそうと思って、たまたま知り合った女性と――」

「逸子さんから、別れたいと言い出したんですか」

頷く大橋を見て、貴子は再び安雲と顔を見合わせた。これまで、自分の手首を切ってまで、男をつなぎ止めようとしてきた彼女が、何故《なぜ》、ようやく巡ってきたチャンスを自分から断ち切るような真似《まね》をしたのだろうか。

「電話で——彼女、明るかったんです。『まさか、一人で自棄酒《やけ》なんか飲んでるんじゃないでしょうね』なんて言って。だから、僕は『冗談じゃない』って答えましたよ。今、別の女性と一緒だからって」

逸子は、それならば安心ねと笑ったという。

別れ話を切り出したとき、逸子は、理由は言わず、ただ熱が冷めただけだと言ったのだそうだ。本当に結婚などしてしまったら、それこそ自分は空っぽになって、何の作品も生み出せなくなる。第一、ひと回りも年下の大橋が、まさか本気になるとは思わなかったと、声を出して笑っていたらしい。

「これでも、僕は本気だった。それが、急に年のことなんか言い出されて、『二十年前、あなたは何をしてた？　私はもう恋をしてたけど、あなたは小学生だったんじゃないの』なんて言われて——そんな風に言われたら、僕にはどうすることも出来ませんでした。仕事だって、これからは自分のペースで、好きなように出来ればいいって、そう言ってたはずなんです。だから、冗談だろう、考え直してほしいって、その後も何度か電話しました。でも、女々《めめ》しい真似をするなって言われて、だから、僕だって、やっと諦《あきら》めたようなものなんです」

大橋は、いかにも悔しそうに言った。一昨日、急に逸子からの電話を受けても、素直な返答など出来るはずもなく、満足な受け答えもしなかったという。

「『いいところなんだから邪魔するなよ』って言ってやったら、彼女、それだけの元気があれば大丈夫ねって、笑ってました。でも、腹いせに新しい相手を見つけても、人生遠回りするだけなのよって、確かそんなことを言ってたと思うんですが」

まさか、その直後に死んだとは思わないから、ついさっきまで余計なお世話だと思い、その時の苛立《いらだ》ちを引きずっていたのだと言ったときの大橋の顔は、半ば強《こわ》ばり、半ば打ちひしがれて、迷子になった幼い子のようにも見えた。

「府中に、心当たりでもおありになります？」

ふいに安雲が口を開いた。大橋は絶望的な表情のまま考える顔をしていたが、やがて、それこそ二十年以上も前に、逸子が府中に住んでいたと聞いたことがあると言った。美大を出たばかりで、小さな古いアパートでの貧乏暮らしだったが、今にして思えば、あの頃が一番楽しかったと、何かのときに言っていたと聞いて、貴子は、ようやく合点がいった気持ちになった。

恐らく、二村浩一郎と知り合い、つきあい始めた頃だったのだろう。それからの月日を、こんなにも引きずるとも思わずに暮らすことの出来た町だったのに違いない。振り切ることも、諦めることも出来ずに流れた月日は、逸子に華やかな男性遍歴というレッテルを貼《は》ったかも知れないが、結局、彼女は何も得ることが出来なかった。

大橋と別れるとき、安雲は逸子のバッグを彼に渡した。大橋は、自分が贈った物なのだと言いながら、それを抱きかかえて、うなだれたまま帰っていった。既に八時になろうとしていた。

6

本当は新宿から真っ直《す》ぐ帰りたい気もしたのだが、安雲を放っておくのも気がかりだった。結局、一緒に麻布の店まで行き、貴子は彼が店を開ける準備をする間、やたらと座り心地の良いソファーに身を沈めて、ぼんやりとしていた。

逸子は、二村の後を追って、思い出の町で、ビルから身を躍らせたのだろうか。そう考えるのが一番妥当だという気がする。どうしても吹っ切れなかった相手と、死んで結ばれたいと望んだということだ。

「どうかしらねえ。案外、生き甲斐《がい》がなくなっただけかもよ」

やがて、しっかりと化粧を直し、全身にビーズ刺繍《ししゅう》の施された黒いチャイナドレスに着替えた安雲が現れた。疲労は化粧で塗りつぶし、彼はあでやかな笑みを浮かべて「お疲れ」とビールの栓を抜く。

「だって、逸子は二村浩一郎への愛とか憎しみとか恨みとか、そんなものを作品に注ぎ込んでたわけでしょう？　それをエネルギーにして、次々に新しい男とも付き合ってたわけよね？　その原動力になる相手がいなくなっちゃって、しかも、自分を愛してくれる若い男まで見つかったら、何もかも丸くおさまりすぎるじゃない？　空っぽよ」

背筋をすっと伸ばして、軽く乾杯の真似事をした後、彼は小さなビアグラスに満たされたビールを一息に飲み干した。

「あの人、自分には不幸癖がついてるなんて言ってたけど、案外それが生きてる実感だったのかも知れない。本人が言ってた通り、安定した幸福が手に入りそうだと思ったら、本当に熱が冷めちゃったのかもよ。残った道は、華々しい死くらいだったのかもね」

それから安雲は、自分は座っているだけで、店で使っている若いおかまにあれこれと指図を与え、最後に寿司《すし》をとるように言いつけた後、煙草《たばこ》を取り出しながら、「まあ、分からないじゃないけど」と呟《つぶや》いた。

「激しくしか生きられない人って、いるものよ。そういう星の下に生まれたとしか思えないような」

貴子は、空っぽの胃袋にビールが染《し》みわたるのを感じながら、そういう考え方もあるかと思っていた。もしかすると、安雲もそうなのかも知れない。多少なりとも我慢すれば、警察官として安定した人生を歩めただろうに、たとえ同性愛者でも、普通の社会に溶け込んで生きている人は山ほどいるはずなのに、彼は親兄弟との縁さえ断ち切って、激動のおかま人生に乗り出した。

「そういう考え方をすれば、誰かのせいで自殺したわけじゃないっていうことね」

貴子が言うと、安雲は諦めたような笑みを浮かべている。それから深々と煙草の煙を吸い込み、ため息と一緒に、煙を吐き出した。小さなガラスの器に入れられたピーナッツをつまみながら、貴子は、長く赤い爪《つめ》の先で、小さな火玉のついている煙草をとんとんと叩《たた》いている安雲を見ていた。

「――逸子っていう人はね、皆が言うほど嫌な人じゃなかった。私だって滅多に会わなかったけど、でも、会えば楽しくて、正直に、気軽に付き合える人だった」

安雲はゆっくりと瞬《まばた》きを繰り返し、小首を傾《かし》げてビアグラスを見つめている。貴子には理解しきれない孤独を抱えている安雲にとって、正直に付き合える相手がどれほど貴重な存在か、それは、貴子の想像を越えているだろうと思われた。

「だから、本当のことを知りたかったんだけど、結局、肝心なことは何も言ってくれてなかったのよね。ああ、だから女って嫌」

「――何、言ってんのよ、安雲だって肝心なこと、言わないでしょう。本当に大切なことなんか、好きな人にしか言わないんじゃない？」

からかうように言うと、安雲は、ふん、と鼻を鳴らしてそっぽを向く。

「分かったわよ。だから、あんたも何も言わないわけね」

「私は何も——」

「いいわよ、別に。友だちには彼氏を紹介しないっていうのは、女同士の鉄則だもんね」

「出来たら紹介するって、言ってるじゃないの」

「ああら、お気の毒様。まだ出来ないわけ。いい気になってるうちにね、あっという間にババアになって干上《ひあ》がるわよ」

「老《ふ》けたおかまよりましよ」

「何、言ってんのよ。私はいざとなったら男に戻って、若い女に子どもでも産ませられるんだからね」

「随分、信念のないおかまですこと。ミミズみたい、女になったり男になったり」

それからしばらく、店の男の子が呆《あき》れるくらいに他愛のない言葉の応酬を繰り返し、出前で届いた寿司を競うように食べた。ふと気がつくと、安雲がじっとこちらを見ている。

「なあに」

「たとえば、あんたが死んだってね、私はこだわるのよ」

つい、目を伏せた。急に寿司が胸につまったような気がした。考えてみれば、不思議な出会いだ。知り合ったときは、村越くんと呼んでいた。それが、やがて鉄平くんになって、安雲になった。それでも、彼は常に彼のままだ。何かのときに、真っ先に思い出す相手になって、もう何年が過ぎただろう。その都度、髪型も化粧も変わっていたが、彼は常に貴子の話を「ふうん」と聞いてきた。仕事のことも、結婚のことも。

十時を回った頃、安雲に見送られて店から出ると、辺りにはやはり虫の音が広がっていた。首筋を涼しい風が吹き抜ける。二日前の今頃、逸子はあのビルから身を躍らせたのだ。空車が来るのを待っている間、安雲は何かの歌を小さな声で口ずさんでいた。空車を知らせる赤ランプを灯《とも》したタクシーが来た。貴子よりも先に安雲が手を上げ、タクシーはすうっと近付いてきた。

「ねえ、安雲」

身体《からだ》の半分をタクシーのシートに滑り込ませてから、貴子は安雲を見上げた。

「彼女、あなたを思い出せばよかったのにね。私なら、そうしたわ」

それだけ言うと、貴子はタクシーに乗り込んだ。渋谷、と言いかけて「吉祥寺まで」と言い直した。明日はまた泊まりだ。それに、今日は本当に長い一日だった。

十日ほどして、貴子は安雲からの宅配便を受け取った。開けてみると、派手な専用ケースと一緒に携帯電話が入っていて、楓《かえで》の柄のカードが添えられていた。
《思い出したところに電話がなかったら、どうするつもりなの。あなたの仕事は危険なこともあるんだから、これくらいは持ちなさい。大切な相手にかけた後は、発信履歴を削除すること。それとも今度会うまでに、わざとリダイヤルしてみて欲しい相手でも出来てるかしらね。くれぐれも、置き忘れないように》
以前とまるで変わらない、几帳面《きちようめん》な四角い文字が並んでいた。開け放った窓から虫の音を聞きながら、その日は夜更《よふ》けまで、貴子は青いタペストリーのかけられた部屋で携帯電話の説明書を読んでいた。

茶《ちゃ》碗《わん》酒《ざけ》

風が鳴っていた。

ワゴン車から降りてドアを乱暴に閉めると、滝沢は思わずコートの襟をかき寄せた。微《かす》かに洩《も》らしたため息も、冷たい強風がさらっていく。さっきまでハンドルを握っていた和田が、足早に後部に廻り込み、ドアを開けて中に乗り込んでいく。

「行くぞ。せえの」

厚手のビニールシートでくるまれた死体は、既に死後硬直が始まっていて、ぐにゃりとたわむよりは運びやすい。滝沢は和田と二人で、それを駐車場の傍に建てられた小さな建物に運び始めた。滝沢たちのワゴン車から少し離れた場所に停まった車からは、寄り添うような三つの人影が現れて、滝沢たちの方へおずおずと近付いてくる。

「不審な点がなかったら、引き取っていただいて構いませんからね」

建物に死体を運び入れた後、滝沢は再び外に出て、立ち尽くしている三人に向かって言った。両脇《りょうわき》を子どもに支えられた女は一点を見つめたままで、ただ小さく頷《うなず》く。代わりに、女の横にいた、息子らしい青年が「あのう」と口を開いた。

「不審な点があったとしたら――」

「ああ――その時は、司法解剖に回さなけりゃならんがね、まあ、ちょっと待っててください。いずれにせよ、葬儀屋なら、うちから紹介してあげることも出来るから」

青年は固い表情のまま、うなだれるように頭を下げた。

「寒いからね、署の中で、待っててもらえませんか」

遺族を吹きさらしに立たせておくわけにもいかない。滝沢は、彼らをいったん署の中まで案内することにした。

「――やっぱり、今日は一緒にいるべきだったのよね」

扉の両脇に小さな松飾りのつけられている裏口に向かって歩き出すと、ふいに小さな呟《つぶや》きが聞こえた。見ると、ホトケの妻が、唇を噛《か》みしめている。

「一緒に、いるべきだった。目を離すんじゃあ、なかった――」

女はかすれた声で繰り返し呟いた。お父さんが一人で留守番するなんて言うこと、滅多になかったのに。一人にしておいちゃ、いけなかったのに。

一階にある受付前のベンチに彼らを案内して、滝沢は課長代理を呼びに行き、再び署の外に出た。強風が少しばかり淋《さび》しくなってきている頭髪をかき混ぜるように吹きすさんでいる。やれやれ、大晦日《おおみそか》までこれかよ。だが、あの家族よりは、まだましだ。

「こう寒いと、ドライアイスなんかいらないかも知れないスね」

別棟の霊安室に入ると、和田が白い息を吐きながら呟いた。たった今、運び込んできたホトケの隣にも、また違う死体がある。今日の夕方、運び込まれた六十代の男のホトケは未だに身寄りが見つからないということで、どうやらここで年越ししてもらわなければならないようだ。

課長代理が「寒いなあ」とうなりながら入ってきた。三人でゴム手袋をはめ、和田がカメラを構えて、検死が始まった。

五十歳。男。自営業。家族が正月の買い物に出ている間に、留守宅で首をくって死んでいた。すべての衣服を取り去り、頸部《けいぶ》の索条痕《さくじょうこん》以外に外傷のないことを確かめ、さらに、索条痕の状態や周囲も丹念に観察する。絞め直した痕跡や、もがき苦しんで首をかきむしった跡、そんなものが見つかれば、自殺とばかりは言い切れない。だが、ホトケの首には、見事にベルトの痕《あと》が残っているだけだった。覚悟の上か。和田がシャッターを切る度に、フラッシュの閃光《せんこう》がホトケを白々と浮かび上がらせた。

「自殺で、間違いないだろう」

やがて課長代理は白い息を吐きながら、そう断定した。ホトケが発見された家には外部から誰かが侵入した形跡もなかったし、さらに、便箋《びんせん》のところどころが涙で滲《にじ》んでいる家族あての遺書も発見されている。経営難、借金苦、生命保険金、幸福だった日々。心残り――。

数分後、滝沢は丹念に手を洗ってから、葬儀屋に連絡を入れた。相手は心得たものだ。三十分もしないうちに、死装束と棺桶《かんおけ》程度を運んでくるだろう。続いて、放心状態の母親からは課長代理が、息子からは滝沢が、それぞれ簡単に事情を訊くことにする。一人で残された娘は、さも心細げに、すがるようにこちらを見ていた。

「君が、しっかりしなけりゃな。おふくろさんと妹は、君だけが頼りになるんだから」

取調室で向かい合うと、まだ少年の面影の残る青年は、唇を嚙みしめたまま、こっくりと頷く。滝沢は、父親の死について思い当たるところはあるか、この数日の父に変化は見られなかったかなど、通り一遍の質問をした。

「――よく、分かりません。あの――あんまり、顔を合わせることもなかったし」

「まあ、この遺書を読んだ限りでは、店の方がかなり苦しかったらしいがな。息子さんは、気がついてたかい」

「――そんなようなことは、何となく」

大学三年生だという。妹は、大学一年生。もうひと頑張りすれば、楽になったところだろうに。滝沢と同世代の男は、その前に力尽きてしまったということか。

「何だい、もうこんな時間か」

葬儀屋がホトケを運び出し、遺族となった三人を送り出して、ようやく署の一階に戻ると、滝沢はコートを脱ぎながら、ため息混じりに壁の丸い時計を見上げた。

「紅白って、毎年面白くなくなるみたいな感じ、しませんか」

テレビの近くに陣取っていた生活安全課の西田主任が「ごくろうさんです」と振り返

る。何だ、これは紅白歌合戦だったのか。滝沢は、控えめな音量で流れてくる音楽に耳を傾け、そういえば下の娘が、いつもこんな曲を聞いていると思った。

「今年は、トリは誰が取るんだい」

「トリですか、ええと、白がですね――」

所轄《しょかつ》署の宿直員は、刑事や交通、生活安全、地域などの各課から数人ずつが割り当てられ、日中とは異なる体制になる。滝沢のいる立川中央署では、泊まりの人数は常時十四、五人に定められていた。各課から集まった宿直員は二つのグループに分かれて、交代で休憩を取ることになっている。強盗殺人事件や火災、轢《ひ》き逃げ事件など、人手が必要なときはグループ全員でことにあたるが、それ以外の時には、専門の係員だけが動くことになる。

「滝さんなんか、やっぱり演歌ですよね」

本来ならば休憩中のはずだった和田が、気楽な調子で言った。死体の処理となると、別の係の人間が行っても役に立たないから、休憩中でも呼ばれるのだ。そして現在、闇《やみ》の中で煌々《こうこう》と明かりを灯《とも》している警察署の一階にいるのは、滝沢を入れて五人だった。交通課の宿直員が見当らないのに気づいた課長代理が、彼らの所在を西田に聞いた。

「ああ、事故処理に行ってます。三十分くらい前かな」

大晦日だというのに、事故を起こす人間もいれば、ひっそりと首をくくる男もいる。

滝沢は「やれやれ、だ」と呟いた。

「あの家じゃあ、もう正月どころじゃねえなあ。何も、こんな日に死ななくたって、よさそうなもんなのによ」

普段は愛想のないカウンターの上には、三方《さんぽう》にのせられて、真空パックの鏡餅《かがみもち》が飾られている。こちらからは見えないが、塩ビか何かで作られた海老《えび》までついていて、妙に安っぽくぺかぺかと光っていたはずだ。

「だけど、雑煮を食ってから死ぬっていうのも、変なもんでしょう」

テレビを見ていた和田が、茶の湯気を吹きながら答えた。

「松も取れないうちから、もう葬式か」

さっきは滝沢以上に熱心に、薬用石鹼《せっけん》でごしごしと手を洗っていた課長代理が、諦《あきら》めたような口調で言った。

「参列する方も、たまらないよな。年賀に行くつもりが焼香っていうのも」

たとえ自殺でも、作成する書類はある。テレビの音だけを聞きながら、滝沢は机に向かっていた。年が明けりゃあ、考えも変わったかも知れねえのに。それとも、今日まで死にそびれてたってとこか。女房。あれは、気付いてたんだな。

外の冷たい風が吹き込んできたかと思うと、制服の連中が帰ってきた。

「まったく、馬鹿《ばか》としか言い様がないよ。初日の出を見にいくところだったとか言いながら、酒の匂《にお》いぷんぷんさせやがって」

事故処理を終えた連中は、寒い、寒いを繰り返しながら、やはり「正月だっていうのに」という言葉を使った。彼らがコートを脱いで、ようやく落ち着いたと思ったら、また冷たい風が吹き込んできた。まだ誰か外にいたのかと思っていると「なあ、よう」という声がした。顔を上げると、ぼろ雑巾《ぞうきん》のような服装の、しなびた男がよろめくように立っている。

「頼むよ、よう、お巡りさんよう」

さっきまで一番のんびりと構えていた西田が、ゆっくりと立ち上がった。「何だい」と言いながら近付いていく。

「なあ、一晩でいいんだからよ。一晩だけさ、泊めてもらえねえですか」

「じいさん、ここをどこだと思ってるんだ？　うん？　ここはな、旅館やホテルじゃないんだよ」

「分かってるよう、そんなこたあ。だけど、なあ、頼むよう。外、寒くてよう――」

背後から諦めたような、微かな笑いが洩れた。西田に背を押され、よろめきながら追い返されていくフーテンらしい男の背中を眺めて、滝沢も「しょうがねえなあ」と呟いた。

「ただでさえ、うちの留置所は満杯なんだぜ。これ以上、変な野郎を泊められるか、なあ」

課長代理が、汚いものでも見たような表情で言った。

「もう、泊めてやる場所なんかないって、今度来たら金取るぞって言ってやれ」

「今日は、何人ですか――」

再び書類に目を落としながら、滝沢は口を開いた。

――紅組だって、負けてはおりません！　さあ、歌っていただきましょう！

テレビの歓声と共に、課長代理の「三十二人」という返事が聞こえた。そのうちの半数近く、またはそれ以上が外国人のはずだ。イラン、フィリピン、タイ、バングラデシュ。暴行、傷害、不法滞在、詐欺に無銭飲食、賑《にぎ》やかなことだ。明日の朝、あいつらも雑煮を食うんだろうか。留置人にだって、正月には薄い餅の入った雑煮くらい振る舞われるはずだ。さっきの酔っ払いは、それを目当てにしていたのかも知れない。

書類を書き上げてしまうと、滝沢は交代の宿直員たちが降りてくるまで、ぼんやりとテレビを眺めていた。また、母子家庭が出来た。いかん、どうも頭から離れない。

「朝になったら、雑煮、食いましょうね。もう、ばっちり、用意してありますから」

ようやく交代の時間になった。すれ違いざまに、料理好きと定評のある係員が張り切った表情で言った。滝沢は、取り残されて起き続けていなければならない和田のつまらなそうな顔に「悪いな」と言い残すと、大きな伸びをしながら歩き始めた。

「滝さん、すぐ寝ちゃいます？」

エレベーターに乗る前に、西田が囁《ささや》きかけてきた。休憩室は畳敷きの大広間だが、仮眠用に布団《ふとん》が敷かれており、眠らない人間は邪魔になる。滝沢と西田とは、ちらりと視線を交わし、どちらからともなく刑事課の部屋に戻ることにした。さすがに今夜は仕事で残っている人間もいないらしく、部屋は闇に包まれていた。

電気をつけると、見慣れた味気ない空間が白々と広がる。ガラス窓に闇が貼《は》り付いていた。風の鳴る音が聞こえたと思ったら、歓声がそれを消した。西田がテレビをつけたのだ。

「軽く一杯、やるか」

若い西田は「待ってました」と、大きく頷いた。根っから陽気な男だ。

「俺ちょっと、給湯室見てきますよ。明るいうちから何か作ってたんスから」

西田は、そう言うが早いか、いそいそとした足取りで部屋を出ていく。滝沢は、部屋に置かれている冷蔵庫を覗《のぞ》いた。缶ビールばかりがごろごろと転がっている。そこからロング缶を二本取り出していると、誰かが控えめにドアをノックした。

「俺も加わって、いいですかね」

警備課の豊島係長だった。彼は、後ろ手に持っていた一升瓶を持ち上げて「本当の本当の忘年会ってことで」と言った。

やがて、鍋《なべ》と丼《どんぶり》とを捧《ささ》げ持って戻ってきた西田は、豊島も加わったと知ると悪戯《いたずら》小僧のような笑顔になって「やりましょう、やりましょう」と言いながら、上着のポケットからは蒲鉾《かまぼこ》とソーセージまで取り出した。

「豪勢なもんですよ。雑煮の支度もばっちりだし、結構、お節《せち》料理も揃《そろ》ってたな」

「交通の永井っているでしょう。あいつ、地域の頃にも、ここにいたんだそうです。その時に懇意になった魚屋がいるって言ってたから。差し入れでもあったんじゃないんですか」

「西田、割り箸《ばし》、持ってこいや。あと醬油《しょうゆ》」

「あ、はいはい」

西田が席についたところで、滝沢たち三人は、ひそかに缶ビールで乾杯をした。わずかな沈黙の後、三人同時に深々と息を吐く。

「最後の最後までホトケの処理とは、大変でしたね」

豊島は、通信指令本部や管内の地域課員と無線交信をしたり、電話での連絡をするリモコン担当だった。リモコン担当者のもとには、その時点での管内の情報がすべて集中してくる。大晦日は暇だろうと高をくくっていた彼の耳に、今日は二回、「変死の訴え」という無線の声が届いたことになる。

「別に、今年に限ったことでもないしなあ」

滝沢は、缶ビールをぐいぐいと飲み、そう言えば数年前の泊まりの時にも、やはり死体を扱ったことを思い出した。若い女だった。故郷では、娘の帰りを待ちわびていた。だが、女は列車に乗る代わりに、あの世へと旅立っちまったわけだ。

「人の生き死にばっかりは、カレンダー通りには、いかねえから」

「自殺は別じゃないスか」

「自殺するほど思い詰めてる奴《やつ》は、もう心の半分はあの世にいっちまってるんだ。余計に、盆も正月も関係ねえんだろう」

——白組は、この方の登場です！　さあ、歌っていただきましょう！

滝沢は、目玉だけをキャビネットの上に置かれたテレビに向け、「誰だ、こいつ」と低い声で言った。

「ええっ、知らないんスか。今年、すごい人気だったんスよ」

西田が必要以上に驚いた表情で答える。泊まりの晩は、よその部署の係員との交流を深める良い機会になる。西田も豊島も、それぞれに世代が違うから、滝沢は最近の流行や若者の志向などについて、彼らからずいぶんと教えられることがあった。

「これで明日、帰ったら、すぐに田舎に帰るんですよね、俺。渋滞は大丈夫かな」

「元旦は、そうは混まないと思いますがね、豊島さんてどこなんです」

滝沢が尋ねると、豊島は名古屋と答え、実は女房の実家なのだがと付け加えた。

「俺は高松で、何しろ遠いしね、しょっ中は帰れないから。滝さんは」

「俺？　俺あ、いつもの通り、寝正月だな」

滝沢は、わずかに苦笑しながら答えた。上の娘は旅行中で、長男は予備校。末っ子の次女は滝沢の実家。つまり、家はもぬけの殻だ。

「もう少しビール、いきますか」

早々とビールを飲み終えたらしい西田が、滝沢と豊島とを見比べた。滝沢が答えるよりも先に、豊島が日本酒にしようと言った。

「じゃあ、ちょっと燗《かん》をつけて来ましょうか」

「いいよ、それで、チンてやりゃあ」

滝沢は冷蔵庫の上の電子レンジを顎《あご》でしゃくった。昔はどこでもストーブを使っていたから、薬缶《やかん》で燗酒など簡単につけられたものだが、今は茶碗《ちゃわん》に注ぎ分けてレンジでチン、味気なくなった。だが、それでも熱燗は喉《のど》にしみる。胃の腑《ふ》がほかりと熱くなった。

「歌って踊る大晦日《おおみそか》もあれば、首をくくる大晦日もある、か」

「職場で熱燗を飲んでる大晦日もね」

「調子に乗って、あんまり飲むなよ」

いくら休憩中とはいっても、いつ急に呼ばれるかも分からない。当然のことながら飲酒が許されるはずもなかった。だが、思い切り憂《う》さを晴らすところまではいかなくとも、せめて、あのホトケの顔を意識の外に追いやる程度の効果はある。大晦日の夜くらい、上司だって見て見ぬふりをするものだ。

「昔はこんな正月を過ごすなんて、思いもしなかったなあ」

気がつくと紅白はもうフィナーレのうちに終わっていた。紅白どちらが勝ったのだろうと思っているうち、一瞬の静寂の後に、テレビから除夜の鐘が聞こえてきた。

「ちょっと、消してみい。ここからでも聞こえるかも知れん」

西田が皆の酒を温めようと三度目に立ったついでに滝沢はそう声をかけ、自分も立ち上がって窓を開けにいった。斬《き》りつけるような寒風が吹き込んできて、耳を澄まそうとした瞬間、除夜の鐘の代わりに、物々しいサイレンの音が響いてきた。闇の中を、赤色灯が近付いてくるのが見える。

「何だよ、こんな時まで」

滝沢は、しばらく赤色灯を眺め、それがはっきりと覆面パトカーの形となって自分たちの署に入るのを見届けた後、窓から離れた。

「ちょっと、見てくるわ。どうせ、うちのヤマだったら呼ばれるかも知れん」

「酒、温まってますからね。早いとこ、戻ってきてくださいよ」

暖房の効いていない廊下に出ると、ちょうどエレベーターから和田が飛び出してきたところだった。

「器物破損と強盗未遂の現行犯。機捜が警ら中に発見したそうです。初仕事ってとこですかね、もう、十二時過ぎたから」

今夜あたりはどこだって、それぞれの持ち場で軽い酒盛りをしているはずなのに、警ら中だったとはご苦労なことだ。

慌《あわ》ただしく書類を揃えて、取調室の電気をつけたり電気ヒーターのスイッチを入れている後輩を眺めているうちに、再びエレベーターの扉が開いた。中から現れたのは、二十歳そこそこというところか、手錠をかけられ、ふてくされた表情の被疑者と、それを両脇《りょうわき》から固めている二人の機捜隊員だった。やたらと長身の男と、無表情の女だ。その女の方に、滝沢は「よう」と軽く手を上げて見せた。

「強盗未遂だって？　どこでだい」

「コンビニです。店先の自動販売機を壊して、店員が飛び出してきた隙《すき》に、レジの金を奪おうとしたんですね」

彼女は淡々とした口調で言うと、被疑者を取調室に連れていく。数分後、仮眠を取っていたらしい課長代理が仏頂面《ぶっちょうづら》で、慌ただしく取調室に入っていった。滝沢は、いったん部屋に戻り、茶碗酒を持って再び廊下に出た。

「一杯、やっていかねえか。熱いの、きゅうっと」

課長代理と入れ替わりに取調室から出てきた二人に向かって湯飲みを差し出すと、女の捜査員は一瞬戸惑った表情になり、それから目元だけで微笑《ほほえ》んだ。

「でも、飲酒運転になりますし」

以前、一度組んだことのある音道貴子は、相変わらず無表情のまま、さらりと答える。

「いいよ、俺が運転するから」

横からのっぽが口を挟んだ。音道は、少し考える表情になった後、「じゃあ」と、滝沢の差し出した茶碗を受け取った。

「よいお年を」

「今年もよろしく、だ。もう年が明けちまった」

滝沢はふん、と鼻を鳴らしながら、音道が茶碗酒に口をつけるのを眺めていた。テレビか本物か分からない、除夜の鐘の音が微《かす》かに聞こえてきた。ふうっと音道が息を吐き出し、夜気《やき》の忍び込む廊下に溶けていった。

「悪いな、俺が口をつけた茶碗で」

女刑事は茶碗を口もとに運びながら、こころもち眉根《まゆね》を動かし、「慣れてますから」と澄ました顔で応《こた》えた。

雛《ひな》の夜

1

さっきから幾度となくちらちらと目を落としていた腕時計が、ようやく午後八時を指した。音道貴子は、微《かす》かに息を吸い込むと「さて」と顔を上げた。

「そろそろ、帰るわ」

父も妹たちも帰りが遅かったから、二人だけで夕食を済ませた後は、特に何を話すわけでもなく、つけっ放しになっているテレビの方を向いていた母が、「もう？」と振り返った。

「せっかく、お雛《ひな》様を飾ったって、もう誰も喜びやしないんだものねえ。昔は、三人で大はしゃぎしたものなのに」

その時になって初めて、貴子は母がテレビではなく、同じ居間に飾られている雛壇を眺めていたのだと気付いた。比較的新しいこの家は、居間とダイニング・ルームとがつながっていて、仕切りの戸を開け放っていると、それなりに広いフローリングのスペースになる。

「いちいち出して飾るだけでも、大変なのに」

「分かってるけど。行子《コーコ》にでも智子《モコ》にでも、手伝わせればいいじゃない？」

「駄目よ。誰も彼も、もう関心なんかないんだから。お母さんが言い出して、お母さんが動かなきゃあ、いつまでも知らん顔だものね。だから、いつまでも結婚できないんだわよ」

母の声は、いかにもつまらなそうだった。まるで、貴子の二人の妹が未《いま》だに独身でいることを、本当に雛人形を粗末に扱うせいにしているようにさえ聞こえる。続けて「皆、お姉ちゃんの真似《まね》をして」と言う声がして、貴子は椅子《いす》から腰を上げた。雲行きが怪しくなってきた。

「だいたい、お人形にだって魂があるのよ。これは、あんたが生まれたときに、金沢のお祖父《じい》ちゃまが――」

「片付ける時は、来られるようにするから」

「知ってるでしょう。お雛様は、なるべく早く片付けなきゃならないんだから。お姉ちゃん、四日か五日に、来られるの？」

玄関に向かい、ブーツを履いて、ヘルメットを被《かぶ》る間も、母はずっとそんなことを言い続けている。それから思い出したようにスリッパの音を響かせながら台所に戻り、風《ふ》呂敷《ろしき》の包みを持って戻ってきた。見覚えのある、雛人形の絵柄を染めた桃色の風呂敷だった。

「お煮染《にし》めと、お漬け物。あと、鰆《さわら》の西京漬《さいきょうづ》けが入ってるから。ご飯、ちゃんと食べなさいよ」

貴子はヘルメットのシールドを上げて「サンキュ」と笑いながら風呂敷包みを受け取った。月に一度程度、こうして実家に戻るのは、帰りに土産物を持たせてもらえるからという理由もある。

「本当に帰れるんなら、手伝ってちょうだいよね。あてには、してないけど」

母の言葉に見送られ、貴子は父たちや妹によろしくと言い残して外に出た。まだまだ外は寒く、前の週に降った雪が、道端のそこここに残っている。今年は雪が多くて、本当に嫌になる。その度に、仕事で使っている車のタイヤを交換しなければならないし、休日の予定も狂うのだ。中央線はすぐに止まるし、交通事故が頻発して、下手をすれば貴子たちまでかり出されかねない。

——お雛様、か。

もう四年目に入った愛車のＸＪＲにまたがり、埼玉の実家から南へ下りながら、貴子は考えていた。母の言葉通り、確かに貴子が幼い頃には、雛祭りというと家は大騒ぎになった。三人姉妹は、母が飾り付ける雛人形の回りをはしゃぎ回って、せっかく活《い》けられた桃の花をひっくり返したり、供えたばかりの菱餅《ひしもち》や雛あられを食べてしまったり、こっそりと白酒を飲んだりしたものだ。母は、いつも大声で貴子たちを叱《しか》りながら、それでも嬉《うれ》しそうに雛人形を飾っていた。

いつの頃からか、貴子たちは母が作るちらし寿司《ずし》を大して喜ばなくなり、菱餅や雛あられにも手を出さなくなり、そして母だけが毎年、ああして雛人形を飾り続けてきた。

時が流れた。娘が三人とも一人前の大人になっているのだから、当たり前のことだが、母も老《ふ》けてきたと思う。笑うことも少なくなったのだろうか。貴子たちが安心させてやらないからか。確かに、胸を張れるほど親孝行とは言い難い。急に母が哀れに思えてきて、胸の奥が細かく波立ちそうだった。貴子は慌《あわ》てて気持ちを切り替え、風を切る音とエンジンの唸《うな》り、シールド越しに見える夜景に神経を集中させることにした。感傷的になんか、なりたくない。母の人生は、娘に哀れまれるようなものではない。そうであっては困るのだ。

幹線道路に雪は消えたとはいえ、少し引っ込めば、まだ凍った雪が残っている道があった。冷たい風を全身に受けながら、貴子はふと、あとどれくらい、こうして大型のオートバイに乗っていられるものだろうかと考えた。暑さ寒さを全身で感じながら走り回るには、体力以上に気力が必要だ。その気力がいつまで続くものか。もしかすると、今度の車検が切れる頃には、もう少し気軽に乗れるオートバイが欲しくなるかも知れないと思う。それでも、億劫《おっくう》になって乗らなくなるよりは、まだましだ。

吉祥寺に借りているマンションに帰り着くと、さっそく母に持たされた風呂敷包みを解き、貴子はろくなものの入っていない冷蔵庫にしまい込んだ。そして、浴槽《よくそう》に湯を満たしている間に、今度は米を二合だけ研ぐことにした。四合炊《だ》きの炊飯器では、一合では少なすぎて旨《うま》くない。ちょっと多いが、二合炊いてしまえば、食べ残した分は冷凍しておけば良い。とにかく、明日は少し早起きをして、煮物と鯖で、しっかりと朝食をとろう。いくら自炊を心がけても、すぐに手抜きになる毎日だが、これをきっかけに、またきちんとした食生活に戻ろうなどと考えながら、炊飯器のタイマーをセットし、改めて風呂敷を手にとって眺める。

薄桃色の地に、一対の立ち雛と、御殿まりに折り鶴《づる》、桜の花、はまぐり、鼓《つづみ》などが染められている風呂敷は、季節の移り変わりなど無関係に見える貴子の部屋に、仄《ほの》かな温《ぬく》もりと、小さな蕾《つぼみ》のような明るさをもたらしてくれたように見えた。

今更、何がめでたいとも思わないが、桃の節句と言われれば、やはり可憐《かれん》で明るい印象がある。そんな季節感を生活に取り込むことも大切に違いない。毎日のように埃《ほこり》っぽい環境の中で、四季の移り変わりなどお構いなしに駆けずり回るような仕事をしているのだから、仕事を離れた空間こそ、潤《うるお》いのある、柔らかいものにすべきだった。

――これを飾るだけでも、少しは気分が変わるかな。

口では皮肉ばかり言う母の気遣いを感じ、風呂敷を弄《もてあそ》びながら、貴子は室内を見回して、そのままサイドボードの上の壁にピンで留めることにした。ずいぶん雑な方法ではあったが、それでも、薄桃色の四角い風呂敷は、それなりに周囲を明るくした。

「中学生くらいになったら、そんなものは喜ばねえだろうなあ。いや、最近は小学生だって喜ばねえんじゃねえか？」

翌日、例によって同僚の八十田刑事と夜の街を走っているとき、八十田は「雛祭りねえ」と呟《つぶや》いた後、そんなことを言った。

「俺らだって、『こどもの日』を楽しみにしてた記憶なんて、遥《はる》か彼方《かなた》だもんな。だいたい、ああいう祭りみたいなものは、子どもより親とか、じいちゃんばあちゃんの方が、一生懸命になるんじゃないか？」

「そりゃあ、子どもが生まれてすぐの頃は、そうかも知れないけど——」

子どもだって嬉しいものだったわよ、と言いかけたとき、車載の無線機が鳴った。貴子たちは互いに口を噤《つぐ》み、耳を澄ませた。立川にある警視庁の通信司令本部多摩通信司令室は、東京二十三区を除く多摩地区の一一〇番通報が集中する場所であり、西東京の各警察署やパトカーを始めとして、各分駐所を無線でつなぐ司令塔の役割を負っている。

「——ラブホテル『ハーフムーン』内。若い女性の客が倒れている模様。場所。立川市富士見町八丁目十五番四号。ホテル『ハーフムーン』内。同伴の男性は既にいなくなっているとのこと。交番員は派遣済み」

ハンドルを握る貴子は、小さく「また」と呟きながら、頭の中で素早く道路地図を思い浮かべた。富士見町八丁目といえば、多摩川べりだ。

「十分以内っていうところでしょうか」

貴子の言葉を受けて、八十田が素早く無線機に手を伸ばす。もう片方の手では窓を開け、赤色灯を車の屋根に乗せながら、「警視八四〇から警視庁」と言う同僚の声を聞きつつ、貴子はサイレンを鳴らし、アクセルを踏み込んでいた。

「いつものパターンかしら」

八十田が「かもな」と答えた。このところ何回か同じ通報を受けて、その都度、肩透かしを食わされているのだ。

ラブホテルで若い女性が一人で倒れていると聞けば、誰だって、すわ大事件かと思わないわけにいかないのに、警察が到着する前に、当の女性客の姿がなくなっているという事案が、このところ立て続けに起きているのだった。これだけ同じ通報が続くのだから、絶対に何かあるはずなのに、駆けつけた警察は、常に無駄足を踏まされている。

八十田が窮屈そうに縮こめていた背筋を大きく伸ばしながら「皮肉なもんだよなあ」と呟いた。

「プライベートじゃあ全然縁のない場所なのにさ、仕事でばっかり、こんなに方々のホテルに行くんだから」

貴子は思わず苦笑しながらハンドルを握っていた。言われるまでもなく、貴子だってラブホテルなどまったく無縁の生活を続けている。それなのに、仕事となると何の臆面《おくめん》もなく男性と連れだって駆けつけていくのだから、母が知ったらまたしかめ面《つら》をすることだろう。

数分後、貴子たちは「ハーフムーン」に到着していた。ちょうど黒い革製のコートを着込んだ若い制服巡査が、スモークが貼《は》られて内側が見えないようになっているガラスの扉から出てきたところだった。

「今、部屋を確かめてきたんですが、マル害らしい女性なんて、いないんです」

二十五、六に見える巡査は、敬礼をした後、小首を傾《かし》げながら言った。

「ホテルの従業員に確かめたら、ほんの少し前に、やはり若い女性が来て、倒れていたはずの女性を抱きかかえるようにして帰っていったっていうんですがね。『大丈夫です』って言ってたって」

八十田が小さく舌打ちをした。貴子も、高い塀《へい》に囲まれて、出入り口が目立たなくなっている造りのホテルを眺めながら、ため息をついた。やはり、また肩透かしだ。

これまでに、少なくとも四件は起きている一連の事案には、明らかにいくつかの共通点があった。一つには、目撃証言によれば、同伴の男性客が四十代後半に見えるサラリーマン風であること、次に、倒れている女性客は総じて二十歳前後か、または十代と思われること、そして、誰もがその後も被害届などを出していないこと、また、彼女たちを連れ出しに来る若い女性も、どうやら同一人物と思われるということだ。

「事件化されるまでは、こっちとしては動きようがないにしても、気にはなるなあ」

夜も更《ふ》けて分駐所に戻ると、貴子たちの上司である藤代主任や大下係長も、貴子と同様の感想を抱いていた。

「後から連れ出してる女性が仲間だとすると、何ですかね、売春グループか何かでしょうか」

日頃は小さな奥目に大きな口をしている藤代主任と組んでいる富田刑事も腕組みをする。

「とにかく、何かが起こっていることだけは確かだっていう気がするんですが。どうして被害届が出されないんでしょうね」

貴子も、手にしていたボールペンを弄びながら呟いた。とにかく、犯罪の端緒がつかめない限り、貴子たちの出る幕はない。

「取りあえず、パトロール時には、特にラブホテルの建っている辺りに気を配るようにするしかないだろう。下手をすると女子高生か、中学生っていう可能性も十分に考えられるし」

「親父《おやじ》狩《が》りならぬ、コギャル狩りってとこですかね」

大下係長に次いで、貴子が秘《ひそ》かにウツボと呼んでいる藤代主任が、何となく愉快そうに呟いた。

「おじさんたちの、逆襲ですか」

富田までが、そんなことを言っている。確かに、今時珍しい話ではないのかも知れない。たとえ事件性がなかったとしても、東京都の「青少年の健全な育成に関する条例」に違反している可能性は大いにあるということだ。それにしても、大の大人が本当に女子高生を標的にしているのだとしたら、面白がっている場合ではなかった。

2

暦の上では立春もとうに過ぎて、そろそろ三月の声を聞こうというのに、寒さはピークを迎えて、いよいよ春を待ち遠しくさせた。

「ああいう子たちの親って、何をしてるのかしら」

青少年の犯罪に直面する度に抱く感想を、その日も貴子は口にしていた。

「親は親で、自分たちのことで手一杯なんじゃないのかな」

今夜はハンドルを握っている八十田は、「そんなもんだろうよ」と答える。

「見え透いた子どもの嘘《うそ》を簡単に信じるっていうのはさ、親馬鹿《おやばか》っていうだけじゃないような気もするな。たとえばドーナツ屋あたりでアルバイトをするなんて言われれば、それだけ小遣いをせびられずに済むんだし、子どもに手がかからなくなった分だけ、自分の生活を大切に出来るなんて、思ってるのかも知れないしさ」

　互いに独身の二人が、そんな話をしていても仕方がないような気がする。だが、薄闇《うすやみ》に紛れてビルの街角に停めている貴子たちの車の前を、明らかに女子高生らしいミニスカートの少女が通り過ぎるのを見たりすると、つい考えてしまう。時刻は既に午後九時を回っていた。

　立川駅からほど近い、ひっそりとした一角だった。少し先にはラブホテルのネオンや看板がぽつぽつといくつか見える。例の通報のうちの二件は、この一角に建つラブホテルから入れられたものだった。

「そろそろ、混んでくる時間てとこかな」

　ちょうど、闇に紛れるようにして一軒の建物に消えていった男女の姿を見送りながら、八十田が呟いた。その時、ついさっき、貴子たちの車の前を通り過ぎていった少女が、また戻ってきた。キャメルのダッフルコートを着て、襟元にはマフラーを巻き、靴底の厚いロングブーツを履いている。ぶらぶらと、まるで散歩でもしているような歩き方だ。

「あの子、さっきもこの前、通りましたよね」

「まさか、ホテルってわけじゃねえだろうしなあ。いくらなんでも」

ちょうど街灯の下を通りかかって、少女の顔がはっきりと見えた。髪はショートで茶色。目の大きな、はっきりとした顔立ちだ。どう見ても十代だろう。

「少年係の真似事《まねごと》でも、してみるか」

八十田に言われるまでもなく、貴子も車から降りる姿勢になっていた。

周囲には何の関心も抱いていない様子で、ただぶらぶらと歩きながら、腕時計に目を落としていた少女は、貴子たちが並んで近付いていくと、意識的に後ろを向き、こちらを無視する姿勢をとった。大方、この先のホテルのどこかに消えようとしている二人だと思ったのかも知れない。

八十田と少女を挟むように立って、貴子は「ちょっと」と声をかけた。彼女は、大して驚いた様子も見せず、警戒心も抱いていない様子で振り返った。

「こんなところで、何してるの？」

少女は言葉の意味が分からないように小首を傾げ、それから自分の背後にもう一人立っていることに気付いて、途端に表情を険しくした。

「何って？　あんたたちこそ、何」

眉《まゆ》は細く整えられており、化粧もしているようだ。だが、大きくくりくりとしている目は長いまつげに縁取られ、左右に引き結んだ口元は、それなりに生気があった。最近よく見かける遊び人風の少女たちのような、どろりと弛緩《しかん》した雰囲気はまとっていない。

「私たちは――」

「ああ、いい。聞かなくても分かる。サツでしょ。私、サツに追いかけられるような真似、何もしてないけど」

口を動かすと、右頰にえくぼが出来て愛嬌《あいきょう》があった。だが、その口調には不敵なほどの落ち着きがある。

「高校生、よね？」

「そうだけど？」

「何年？」

「二年」

案外、素直だ。後ろめたいところがあれば、大抵はまず年齢で嘘をつく。

「だったら、こんな時間に、何、してるの？」

「友だち、待ってんの」

「友だち？　どんな？」

「ベル友《とも》」

少女の頭越しに、長身の八十田が肩をすくめたのが見えた。ベル友という、互いのポケットベルにメッセージを送りあう関係の友人を指す言葉を、果たしてこの同僚は知っているだろうかと、貴子は少しおかしくなった。貴子だって比較的最近になって知った言葉だ。

「友だちって、女の子？」

少女は返事をする代わりに、細い眉をわずかに上下させる。

「待ってててって言われたから、待ってるだけ。それの、どこが悪い？　まさか、それだけで補導しようなんて、考えてやしないでしょうね」

少女の瞳《ひとみ》は街灯の光を受けて輝いていた。挑戦的ではあるが、悪い印象は与えない、真っ直《す》ぐな眼差《まなざ》しだ。貴子は腕組みをして、その瞳をのぞき込んだ。

「こんな場所で？　その友だちは、何やってるの」

「知らないってば」

「待ち合わせするなとは言わないけど、もう少し、場所を考えた方がいいんじゃない？　携帯、持ってるんでしょう？」

「ピッチだけど。ああ、もう、分かった。場所を変えてって、連絡すれば、いいんでしょ。分かったから！」

それだけ言うと、彼女はすたすたと歩き始めようとする。貴子は一瞬、八十田と顔を見合わせ、それから「待ってよ」と少女の後を追った。

「名前くらい、聞かせてくれない？」

「何でよ。別に、いいでしょう？　第一、お姉さん、少年係じゃないじゃない」

底厚《そこあつ》で、編み上げの靴に、光沢のある地の裾《すそ》の広いパンツ、襟にファーのついたロングコートにニットの帽子を被《かぶ》っている。

「あれが、『きらら』か？　大人かガキか、分からんじゃないか、なあ」

少女たちは身振り手振りを交えながら、しきりに何か話し合っている。「もえ」が、帽子の娘の肩に手を置きながら、何か言った。他の少女たちが頷いている。帽子の娘は、最初のうち、いやいやをするように頭を振っていたが、やがて、がっくりとうなだれた。

「『もえ』っていう子、彼女たちのリーダー格なんですかね」

十分ほども、そうして立ち話をした後、少女たちは軽く手を振りあってから、四方に別れて歩き始めた。「もえ」と帽子の娘は、それぞれ一人で、残りの三人はまとまって、雑踏の中に紛れていく。

「俺は、この前の子をマークする。おっちゃんは、あの三人組だな。帽子のお嬢ちゃんから崩すのが一番早いだろうから、彼女の身元を聞き出すんだ」

頭上に小さな風のようなものが巻き起こった。振り返ると、八十田はひょろながい腕を振りながら、もう歩き始めていた。貴子も急いで別の方向に歩き始めた。

尾行は久しぶりだった。だが、雑踏が貴子を隠したし、制服の娘たちは、それなりに目立っていたから、追尾そのものは大して苦になるものではなかった。そして、少女たちがとりとめもなく街を歩き回り、ゲームセンターに寄ってプリント倶楽部《くらぶ》でシールを作ったところで、貴子はさり気なく彼女たちに近付いた。

「今日、学校は？」

三人の少女は一瞬、怪訝《けげん》そうな表情になって互いに顔を見合わせ、それから口元に皮肉っぽい笑みを浮かべた。

「短縮授業だもん」

まるで勝ち誇ったような余裕のある笑み。ばっかじゃないの、この女、とでも言いたそうな物怖《ものお》じしない表情だ。

「ああ、そうなの。それで、遊んでるんだ」

「遊ぶってほどでも――帰るとこだし。ねえ」

一人一人を見れば、顔立ちそのものは違うと分かるのだが、三人が三人とも、長い髪を茶色く染めて、眉を細く描き、似たような化粧をして、同じ雰囲気をまとっている少女たちだった。もう一度会っても、これでは見分けがつきそうにない。

「何？　警察の人？」

貴子は、黙ってバッグから警察手帳を出して、彼女たちに見せた。「ふうん」と言うように頷き、少女たちはそれでも明確な反応は示そうとしなかった。「だから、何なの」という雰囲気だ。

「取りあえず、学生証を見せて」

いると答えた。

「千駄木の方にいるのは？　あれは、誰なのかな」

八十田が小首を傾《かし》げていると、きららは「へえ」と感心したような声を上げる。

「もう、そこまで調べちゃってんのかあ。千駄木ってさ、別れた父さんの家があるんだって言ってたよ。お寿司屋さんだったかな」

「別れた？」

「あの子ん家《ち》って、両親が離婚してるから。でも、父さんも、お祖父ちゃんとかも、萌とは仲いいみたい。もう、萌の言いなりだって」

「その、おじさんて？　どんな人なの」

今度は貴子が口を開いた。きららは、口を尖《とが》らせ、小首を傾げて、長い髪の毛先をつまみながら、奇妙な目つきになって枝毛でも探している仕草をする。

「普通の、フ、ツー、のおじさんなんだよね」

少女たちにスタンガンを当てて身動き出来なくさせ、現金を奪って逃げているという男は、四十代後半から五十代、中肉中背でサラリーマン風の、これといった特徴のない男だという。しかも、これまで被害に遭った仲間の話を総合しても、その都度眼鏡をかけていたり、服装が異なっていたりするせいで、見分けがつけにくいらしい。

「まあ、その辺のおじさんなんか、あたしらから見たら皆、似たようなもんだし、そういう相手なんて、いちいち覚えないから」

「そのグループって、何人ぐらい、いるんだ？」

八十田に訊《き》かれて、きららは「うーん」と空を見上げた。現実味がないのか、神経が図太いのか分からない。そして、彼女の口からは「五十人くらいかな」という言葉が聞かれた。貴子は、またもや八十田と顔を見合わせなければならなかった。

「皆が皆、売春《ウリ》までやってるってわけでもないけど。一度だけやってみたら、その親父《おやじ》に当たっちゃったっていう子もいるしね」

「どういう仲間なんだ？　皆、学校とかも違うんだろう」

「友だちの友だちとか、ゲーセンとか、コンサートで知り合ったりとか。そんで、そういう子たちの中には他のグループにも友だちがいるわけじゃん？　だから、数なんか分かんないけど、とにかく、この辺でヤバい目にあったら萌を呼べばいいって、それだけは知れ渡ってるみたい」

スタンガンの効き目が弱かったり、ホテルの従業員に発見されずに済んだ少女は、それぞれ自力でホテルから帰っているという話をして、それからきららは、また「あーあ」と言った。「喋《しゃべ》っちゃった」と、けろりとしている。

「今の話、改めて、訊かせてもらわなきゃならないな。警察に来てもらって」

ところが、八十田が言った途端に、きららは眉間《みけん》にしわを寄せて「ええっ」と言った。

「そんなことしたら、親にバレバレじゃんよ！」

若い肌を持っているはずなのに、きららの眉間のたてじわは、案外深く、くっきりと刻まれていた。

「親に分かるくらいなら、知らん顔してた方がいいって！」

「そんなわけに、いかないわよ。何ていったって、まだ未成年なんだし——」

「親なんか、関係ないじゃんよっ！」

駄々っ子のように足をばたつかせながら、きららは闇に沈み始めた公園に響きわたる声を上げた。皮肉なことにその声だけが、もっとも少女らしく聞こえた。

その日は、取りあえずきららを家に帰すことにした。彼女が激しく抵抗したこともあるが、八十田が案外あっさりと、帰っても良いと言ったからだ。

「その代わり、だ。君は協力しなけりゃ駄目だ、いいか」

長身の八十田に、覆《おお》い被《かぶ》さるような勢いで言われて、きららはわけが分からないという表情のまま、それでも頷いた。

「今度、誰かがそういう目に遭ったときとか、遭いそうな時には、必ず俺たちに連絡をよこすんだ。俺たちの、携帯の番号を教えておくから。いざとなったら、どっちの電話でもいい、必ずかけろ。いいか」

その時点で、貴子は八十田の考えを読んでいた。強盗傷害事件として所轄《しょかつ》署の刑事課に申し送りをしたところで、機捜である貴子たちの手柄にはならない。それよりは機動力を有し、重要事件の初動捜査に当たるべき機捜の個性を生かして、「コギャル狩り」をしている犯人を捕まえようと考えているに違いなかった。

「約束を守らなかったら、こっちは家にでも学校にでも乗り込むからな」

「こっちからも、あなたに電話するから。何か新しいことが分かったら教えてね。これはね、冗談じゃないの。本当の犯罪なのよ」

貴子が念を押すように言うと、きららは初めて、半ば怯《おび》えたような表情で、ゆっくりと頷いた。

6

翌日から、貴子は毎日きららに電話をかけた。その都度、少女は「あ、お姉さん？」と、まるで旧知の仲のように親しげな、屈託のない声を出す。そして、何事もないと同じことを言った。

「後ろめたさとか、緊張感とか、まるでないんですね」

二日、三日とたつうちに、何となく馬鹿馬鹿《ばかばか》しくなってきた。最初のうちこそ、久しぶりに湧《わ》き起こってきた高揚感に心地良く浸ったものだが、被害者の一人である少女の、いかにも呑気《のんき》な声を毎日聞いていると、一体何のため、誰のために一定の緊張感を保とうとしているのかさえ、分からなくなりそうだ。

例によって夜の街を車で移動しながら、八十田もため息混じりに呟《つぶや》いた。

「未来は暗いって感じだよな。自分のおふくろが警察官だっていうのに、ヤバい遊びに手を貸してるガキまでいるんだから」

きららが言っていた通り、西川萌の母親は間違いなく警視庁にいた。端末を使って調べたところ、現在は北多摩警察署の交通課に勤務する西川清子警部補が符合した。現在五十一歳の西川警部補は、確かに立川駅にほど近いマンションで、十七歳の長女と二人で暮らしている。

「娘が、そんな連中と付き合ってることに、気付いてないんでしょうか」

「そりゃあ、気付いてたら何か言うだろう」

つい、頰をさすりながら、貴子は微《かす》かにため息をついた。やはり、肌荒れが気になっている。睡眠不足には慣れているつもりだが、いつの頃からか、少しでもリズムが狂うと、てきめんに化粧の乗りが悪くなるようになった。五十一歳で十七の娘を抱えているということは、西川警部補という人は、三十四で萌を産んだことになる。つまり、今の貴子の歳《とし》だ。

「女手一つで育ててる娘が、そんなになってるなんて知ったら、どうするでしょう」

「うちの役所に多い典型的なタイプなら、卒倒でもしかねないだろうな」

短かった二月は瞬く間に過ぎようとしていた。明日からは三月だ。もうすぐ、春一番も吹くだろう。そしてまた、心の奥底に潜ませている犯罪への欲望を、自分の理性では抑えきれないような、得体の知れない連中が、穴から這《は》い出るようにうごめき出す季節になる。あの少女たちも、この春からは高校三年生になるはずだ。今が我が世の春と考えて、後先も考えずに援助交際に励んでいる少女たちなど、ある種の犯罪予備軍から見れば格好の餌食《えじき》だということを、彼女たちは気付く日が来るだろうか。

「こっちが心配するほどのことはないのかも知れない。ああいう連中に限って、結構澄ました顔で、普通の主婦か何かになるんだろうから」

「それで、主婦になってからも売春するんですかね」

「そりゃあ、何せ、一番手っ取り早く金を稼ぐ方法だって、分かってんだから」

何か変だ、どこかおかしいと感じる自分は、もはや古い人間になりつつあるのだろうか。そんなことを考えているとき、貴子の携帯電話が鳴った。

「あ、お姉さん？　大変、大変！」

すっかり耳慣れた感のある、峰島きららの声だった。だが、いつものほほんとした口調とは違っている。

「萌が、ヤバいよ！」

「萌が？　どうしたの。今、どこ」

「萌が、あの親父を見つけたの！　それで、仕返ししてやるって、行っちゃった！」

「だから、今、どこ？」

「ああ、何とかしてよ。ねえ、どうしよう！」

「落ち着きなさいっ、聞こえる？　もしもし？」

相当に慌《あわ》てているらしく、やたらと早口になっているきららを何とかなだめ、やっとのことで、貴子は西川萌が向かったという場所を聞き出した。ほとんど泣き出しそうな声で、きららは、日野市内を通る国道二十号線沿いのラブホテルの名前を口にした。貴子も、車やバイクなどで通るときに、看板くらいは見た記憶のある「リバーサイド」というホテルだ。八十田が真剣な表情でこちらを見つめている。そして、貴子が小声で「日野」と呟いた瞬間、車のサイレンを鳴らし、アクセルを踏み込んだ。貴子は、携帯電話を持ち替えて、急いで窓を開け、赤色灯をパトカーの上に載せた。

「それで、行ったのはいつ？」

「たった今！　皆で止めたんだけど、『甘く見られてたまるもんか』って言って。十時に、日野の駅前で待ち合わせしてるって」

再び八十田に「駅前」と告げる。八十田の横顔が大きく頷いた。

「今日の萌の服装は？」

「いつもの茶色いコートに、ブーツ。中は、ええと、紫のタートルのセーター！」

「男の特徴は？」

「ええ、そんなの――」

「萌と待ち合わせするときに、相手は目印くらい、言ってるでしょう。聞いてない？」

「ああ、聞いた、聞いた！」

相手の男はグレーのコートに銀縁眼鏡、茶色い鞄《かばん》を提げているらしい。それだけ聞けば、何とかなりそうだ。八十田が猛然と車を走らせる。

「ねえ、お姉さん、助けてよね。萌のこと、助けてよ！」

分かっているという言葉に続けて、貴子は、きららに対しては自宅に帰っているようにと念を押し、電話を切った。

「十時に日野っていうのは、間に合いそうにないな。あと四分しかない」

「じゃあ、真っ直《す》ぐホテルに行きますか」

「その方が、良さそうだ」

八十田の言葉に頷き、貴子は続いて無線連絡を入れた。

「警視八四〇より警視庁」

［警視八四〇、どうぞ］

「特命により、日野市へ向かいます。どうぞ」

［警視庁、了解］

別に特命など受けているわけではない。だが、連絡を怠るわけにはいかなかった。さらに、今度は電話でウツボに報告を入れる。

「そんな話が、どこから入ったんだ。何も聞いてないぞ」

ウツボの声が鼓膜を震わす。貴子は、友人の娘さんから相談を受けたのだと適当な嘘《うそ》をついた。とにかく緊急を要することだけを告げて、さっさと電話を切る。パトカーは、もう国道二十号線を走っていた。

「近くまで行ったら、サイレンは止めた方がいいでしょう。逃げられたら元も子もないですから」

「どこが近くか、分からん！」

「私、何となく分かりますから」

興奮しつつある八十田の横顔をちらりと眺めて、貴子は窓の外を流れる景色に目を凝らした。そう、確か日野坂で旧甲州街道に入り、少し行った辺りで看板を見たかも知れない。懸命に道路の右手を眺めるうち、確かにその看板が見えた。貴子は「あった！」と小さく叫んだ。

「次の信号を右ですね」

「了解！」

時計を見ると、十時十五分になろうとしていた。日野の駅から直接歩いてきたとして、萌たちがホテルに到着するのは同時くらいだろうか。

信号を右折したところで、八十田はパトカーのサイレンを止めた。闇《やみ》に包まれた細い道は、この先で多摩川を渡り、その向こうには確か小さな古墳群があったはずだ。やがて、闇の中にぽつんと点滅する「リバーサイド」というネオンが見えてきた。

昼間見れば、どうせ安っぽいに違いない建物の脇《わき》に車を停め、貴子たちは「空室」というランプの点《つ》いているホテルに飛び込んだ。だが、わざわざチャイムを鳴らして呼び出した従業員は、三十分以上前から、新しい客は来ていないと言った。

「何で？　おかしいわ」

「まさか、別のホテルだったんじゃないだろうな」

取りあえず車にとって返し、貴子は同僚の苛立《いらだ》ちを感じながら、自分も苛々と考えを巡らした。これから他のホテルを探すといっても、雲を掴《つか》むような話だ。だが、きららの切迫した声に嘘があったとも思いたくない。

「きららに電話してみるか」

八十田の言葉に、それしかないだろうかと携帯電話を取り出したときだった。寄り添うような二つの人影が、ゆっくりと歩いてきた。遠目にも男女だと分かる。

「八十田さん、あれ！」

思わず声をひそめて、貴子はフロントグラスから見える人影を見つめた。間違いない。女の方は西川萌だ。その横を、ゆったりと大股《おおまた》で歩いてくるのは、八十田ほどではないにしろ、かなり長身の男だった。

「どこで踏み込みます？」

「部屋に入ったところか、出てくるところか」

「出てくるところじゃあ、手遅れじゃないですか。萌が倒れてるか、または、彼女が何かしでかした後っていうことでしょう？」

スタンガンで倒される程度なら、生命に別状はない。だが、もしも萌が取り返しのつかないことをしたらと思うと、その方が気がかりだ。義憤にかられたとはいえ、傷害事件など起こさせてはならない。

「先に、引っ張りましょう！」

言うが早いか、貴子は車から降りていた。ホテルの入り口に向かっていく二人に、ゆっくりと近付いていく。八十田がすぐに追いついてきた。

「俺は、野郎の方を確保する。おっちゃんは、お嬢ちゃんな」

頭上から小さな声が聞こえた。その時には、貴子たちの姿は相手からも見えていた。うつむき加減に歩いていた西川萌が、ぎょっとした顔になったのが分かった。

7

運転免許証から石戸道彦という名前が分かった男は、最初のうち落ち着き払った表情を崩そうとはしなかった。都の育成条例違反の容疑だという説明に対しても、「あれで、未成年だったんですか」などとうそぶき、取りあえずは最寄《もよ》りの警察署まで連行する途中でさえ「こりゃあ、格好悪かったな」などと薄笑いを浮かべていた。

四十九歳。西八王子に一戸建ての家を構え、妻と二人の息子がいる、洋服メーカーの営業マンだという男は、そう言われてみれば仕事柄か、確かにワイシャツやネクタイの趣味などが、少しばかり垢抜《あかぬ》けて見えた。

「ところで、鞄の中を改めさせていただいて、いいですかね」

ところが、八十田がそう言った途端、男の態度は一変した。急に落ち着きを失い、わずかに白髪《しらが》が混ざり始めた頭髪の生え際《ぎわ》の辺りに汗を滲《にじ》ませ始めたのだ。八十田は「いいですね」と念を押した上で、机の上に男の鞄を載せた。

「これ、何ですかね」

やがて、鞄の中から八十田が取り出したのは、ちょうどテレビのリモコンほどの大きさの、ダークグレーの物体だった。石戸は黙って俯《うつむ》いていたが、八十田がその物体の脇にあったスイッチを押した途端に、びくんと肩を震わせた。バチバチッという激しい音がして、貴子の目に、青白い閃光《せんこう》が焼き付いた。

「スタンガン、ですね」

「――」

「何ボルト、あるのかな」

「――二十万ボルト」

石戸は、ポケットからハンカチを取り出し、しきりに汗を拭《ふ》きながら消え入りそうな声で答える。八十田は「二十万ね」と答えただけで、次々に鞄の中身を取り出していく。夕刊紙や手帳、携帯電話、そして、いくつかの赤やピンク色の、一目見て女物とわかる財布が最後に出てきた。

「あ、それは、あの、子どもたちに――」

「子どもさんて、二人とも息子さんでしょう。こんなもの、喜びますか。それに、新品でもないじゃないですか」

貴子が横から口を挟んだ。石戸の視線が宙を泳いだ。

「あれ、定期券が入ってる。ええと安内潤子。誰ですか」

八十田が財布を開き、同時に、石戸ががっくりとうなだれるのを見届けたところで、貴子は席を立った。さっきから一人で待たせている、西川萌が気がかりだった。

「無茶なことして」
別の取調室に入るなり、貴子は腕組みをして少女を見た。ちょこんと椅子《いす》に座ってい
た萌は、決まりの悪そうな、どこかふてくされた表情で口を尖《とが》らせている。
「いくら、友だちのためだからって、どうしてあんなことまでしなきゃならないの？」
「——」
「警察に任せてくれれば、いいじゃない」
「そうしたら、あの子らのしてることまで、バレちゃうじゃん」
「それは、しょうがないわよ」
ゆっくりとパイプ椅子を引いて、腰をかける。萌は、上目遣いにちらりとこちらを見
て、またそっぽを向いた。
「友だちなら、援助交際なんかやめろって、言ってあげればいいじゃないの？」
「そんなの、個人の自由じゃん。それに、あの子たちは別に捕まったって、どうってこ
とないと思ってんの。ただね、バレたら親が泣くから、だから隠してただけ」
親に内緒で援助交際などする少女たちが、そんな風に親を気遣うものだろうか。貴子
には、どうも理解できない。
「じゃあ、あなたは？　あなたにだって、親はいるのよ。お母さんのことは、考えなか
ったの？　今、こっちに向かってるけど」

「うちのママは、何でもきっちり筋を通せって言うもん」

「あなたのしたことが、筋を通すことにはならないでしょう」

「どうしてよっ」

少女は初めて正面からこちらを見た。相変わらず挑戦的な、真っ直ぐな眼差《まなざ》し。

「筋を通してないのは、あいつの方じゃないよ！　だから、こっちだけまともな方法なんて、とってられないじゃん！」

それきり、またそっぽを向く。貴子は、思わずため息をついて、少女と向き合っていた。窮屈で重苦しい沈黙だけが続いた。

「認めたよ。これまでに七件はやってるらしい。目的は金だな」

十分ほどしたところで、ようやく八十田が貴子たちの部屋に現れ、静寂を破ってくれた。貴子が答えるより前に、萌が「ほら！」と歓声に近い声を上げた。

「やっぱ、あの親父《おやじ》だったんだ！　とんでもない、クソジジイ！　絶対、ちゃんと刑務所にぶち込んでよね！」

そして、嬉《うれ》しそうに笑いながら、今度はいそいそと携帯電話を取り出す。

「教えてやらなきゃ。皆、心配してるから」

友だちの威力。ドライで他人に無関心と言われながら、彼女たちは、どういう絆《きずな》で結ばれているのだろうか。萌の明るい「もしもし」という声を聞きながら、貴子は、こんな娘を持っている親の気分というのは、どんなものだろうかと考えた。

「家族にも言ってないらしいが、三カ月前に、会社が倒産したんだと。あいつが取っ替え引っ替え着てる服は、実は現物支給の品だそうだ」

貴子を廊下に呼び出すと、八十田は声をひそめて話し始めた。

「ローンはある、子どもの学費はかかるで、頭を抱えてたときに、泡銭《あぶくぜに》を稼いで遊び回ってる娘たちが目について、無性に腹がたったんだそうだ。汗水たらして働いた金を盗むのは忍びないが、あんな連中の金なんか、盗《と》ったって構わないと、そう自分に言い聞かせていたらしい」

「だけど、あんな子たちから盗んだお金だけで、家族が生活出来たんですか？」

貴子は眉《まゆ》をひそめて同僚を見上げた。だが、そこから先の取り調べは所轄《しょかつ》署の役目だ。取りあえず、西川萌は現実に何もしていなかったし、得体の知れなかった一一〇番通報の実体が分かっただけでも良かったではないかと八十田は笑った。

一時間ほどして、西川萌の母親が現れた。小太りで小柄な母親は、貴子と向き合うなり、「ご苦労様です」とお辞儀しそうになり、それから「あら」と言った。

「自分の娘がご面倒をおかけしたのに、こういう挨拶《あいさつ》って、ないわねえ」

それから一人でころころと笑っている。彼女は、取調室から出てきた我が子を見ても、相変わらず笑顔を崩さなかった。

「馬《ば》ぁ鹿《か》。やることが派手過ぎるのよ、あんた」

自分よりずっと背の高い娘の頭を小突きながら、西川警部補は「ねえ」というようにこちらを見る。

「ちょっと突飛なんだけど、悪い子じゃないんですよ。筋だけはきっちり通せって、それだけは言って聞かせてるんで。私ね、この子って、婦警に向いてるんじゃないかと思ってるくらい」

「やめてよ、もう。そんなのに、ならないってば！」

髪をくしゃくしゃにされながら、萌は言葉ほどには嫌な顔も見せていなかった。貴子は、二人揃《そろ》って笑いあっている母子《おやこ》を、呆気《あっけ》にとられて眺めていた。何となく、こんな少女の母親で、しかも婦警といったら、堅苦しく窮屈で、冷たい女性を想像していたのだ。なのに、西川萌の母親は、まるで肝っ玉母さんのように豪快な声を出して笑っている。

「本当にもう、人騒がせなんだから。ママねえ、あんたが遅い日は、いつも千駄木に行ってるとばかり思ってたんだからね。そうじゃなきゃ、ケンちゃんとデートかな、くらいに」

「ケンちゃん、今、受験だしさ。千駄木に行くことだって、あったよ」

「本当にもう。こっちから電話しないのをいいことに、千駄木の家を利用してたことになるのよ、あんた」

「利用してたなんて――」

「本当にお祖父ちゃんたちが好きなら、お小遣いもらう時や、アリバイ作りの時だけ利用しないで、店でも手伝ってあげなさいよ！」

「何でよっ。ママ、寿司《すし》屋の手伝いなんかするなって、いつか言ったじゃん！」

「そんなこと、言ってないわよ」

「あ、言いましたね！　うそつき！」

ぽんぽんと、機関銃のような言葉の応酬が続いた。そして、西川警部補は、はっと我に返ったように貴子を見て、またころころと笑った。

「別れた亭主の家なんですけどね、もう、皆で甘やかすもんだから、生意気になって。嫌だわ、この子が変な問題でも起こしたら、『だから言わないこっちゃない』って、怒られるのは私なのに」

「変なことなんか、してないってば！」

「したの！　ガキのくせに、警察か探偵の真似《まね》なんかしたら、とんでもないんだからね！」

他人が口を挟めない勢いで、西川警部補はそれから廊下中に響きわたる声で娘を叱《しか》りつけた。考えが足りない。大人を甘く見ている。現実を知らな過ぎる。お人好しにもほどがある。人を見る目がない。友情ごっこに酔いしれているだけだ。などなど。さすがに萌の母だ。口では娘に勝っている。

「さ、帰ろう。今日、ママ、お雛《ひな》様飾ろうと思ってたのよね」

やがて、言いたいことを全《すべ》て吐き出してすっきりしたのか、彼女は思い出したようにそう言うと、「お騒がせしました」と貴子たちに頭を下げ、自分の手を娘の腕にからませて、にこにこと笑いながら帰っていった。萌も決まり悪そうな表情で、貴子たちにひょっこりと頭を下げていった。圧倒されっぱなしで母子を見送り、気がつくと、隣に立っている八十田が鼻歌を歌っている。どこかで聞いたことのある節だった。

「何の歌でしたっけ、それ」

「雛の夜」

その瞬間、貴子は思わず声を出して笑ってしまった。

「それを言うなら、『支那の夜』でしょう」

「あれ、知ってる？　やっぱ、おばさんだねえ」

八十田が冷やかすように言う。そのひょろ長い腕を叩《たた》きながら、貴子は母子を見送っていた。

★特別巻末付録★

滝沢刑事・乃南アサ　架空対談

某月某日。都内某居酒屋にて

――自己紹介のあと、とりあえず生ビールで乾杯。枝豆、煮込み、さらしタマネギ、冷やしトマト、焼き鳥、冷や奴《やっこ》を注文。滝沢氏の希望でレバニラ炒《いた》めも。

乃南　相変わらず、お忙しいですか。

滝沢　まあねえ。ああ、でも、何も喋《しゃべ》りませんよ。あたしらにはね、守秘義務ってえヤツがあるんでね。

乃南　もちろん、捜査に関することは、無理にうかがおうと思わないですから。大丈夫です。

滝沢　そうかい？　無理にってこたあ、つまり、こっちがその気になりゃあ、聞きますってことかね。それで酒の席なのか。

乃南　そんな、他意はないんです――それに私、口、堅いですから。

滝沢　そういうこっちゃないけどね、まあ、まあ、いいですわ。別に。それで？

乃南　それでというか——今日は、滝沢さんもご存じの、音道さんのことを、少し伺えたらなと思いまして。

滝沢　音道？　音道貴子ですか。どうしてまた。

乃南　どうしてということもないんですけれど——。

滝沢　あんた、音道とどういう関係ですか。何で、あいつのことを聞きたがるんです。

乃南　どういう関係と言われると——友だち、と言いますか——まあ、結構、仲良しのつもりなんです。

滝沢　仲良しねえ。仲良しだったら、何もあたしなんかに聞くこたあ、ないでしょう。知りたいことがあるんなら、音道に直接、聞けばいいんだ。大体、あんたと音道と、どこでどうつながるんです。

乃南　——特に、どこでつながるということもないんですが、まあ縁があったというか、ウマが合うというか。

滝沢　だって、あんた、ええ、のみなみさん。

乃南　のなみ、です。

滝沢　名字が読みにくいのは音道と一緒だな。のなみさん、あんた、小説書いてるって、言ってましたよねえ。

乃南　――はあ。

滝沢　いわば自由業だ。

乃南　そうなりますね。

滝沢　今でこそ、作家先生なんていやあ、何ていうかな、文化人ってヤツですか、そういう扱いも受けるんだろうけど、まあ、社会的な信用度っていう点じゃあ、からっきし、駄目だよね。

乃南　まあ、そうです（苦笑）。

滝沢　下手すりゃあ、社会の落ちこぼれみたいな目で見られなくもない。ああ、あんたのことを言ってるわけじゃないですよ。そういう、いわゆる自由業っていう人全般のイメージです。だって、そうでしょう、口では小説書いてるってったって、実際に本でも見せてもらわないことには、分かったもんじゃないんだし、たとえば役者なんかだってそうだよな。「私は俳優です」って名乗りゃあ、それで俳優ってことになるかも知れんがね。

乃南　あのぅ、それと音道さんとのことと、どういう関係が。

滝沢　あたしらみたいな仕事はね、いつでも身辺を綺麗《きれい》にしとかなきゃ、ならんのです。特にこの頃はね、警察の不祥事って、もう、何かってえと叩《たた》かれてるでしょう。その上、重大事件の中に未解決のものが増えてるときてる。

乃南　確かに、検挙率が下がってるのは、如実《にょじつ》に感じますね。

滝沢　あんたにゃ言われたくないが、そりゃあ事実だからしょうがないわな。だから、こういうときだからこそ、あたしら一人一人は気を引き締めて、交遊関係一つとっても、注意しなきゃならんのです。

乃南　それは理解できますが――つまり音道さんが、私のような職種の人間と付き合うのは好ましくないと、こういう意味ですか？

滝沢　何も、決めつけてやしませんよ。ただ、あたしらに近付いてくる人間はね、どっかしら、得したいと思ってたり、計算ずくだったりする場合が珍しくないんです。しかも、あんたは小説を書いてるっていう話だ。音道が、ちょろっと口を滑らせちまったようなことを、まんまと小説のネタにしてるかも知れんでしょう。

乃南　疑い深いんですね。

滝沢　職業柄ね。ああ、俺、ビールはもういいや。焼酎《しょうちゅう》にするかな。

乃南　どうぞ。飲み方は？　お湯割か何かにしますか。(店の人に) あと梅干しも。あ、私もお湯割にしますから。二つ――じゃあ、改めまして (乾杯の真似《まね》)。

滝沢　旨《うま》いな。これ、麦かな。

乃南　いえ、芋みたいですよ。あんまり臭くないけど。

滝沢　ふうん――乃南さんも結構、好きなんだな。

乃南　ええ、まあ。それで音道さんのことなんですけど、彼女が、たとえばこうやって私と一杯やってるときでも、捜査情報のことなどで口を滑らすことがあると思われますか？

滝沢　さあねえ。まあ、ないかな。あれもまた、酒は強いでしょう。いつだったかな、正月に泊まりでね、そうしたら音道が被疑者を連れて来たことがあったんだけど、まあ、正月だし外は寒いしってことで、俺が差し出してやった茶碗《ちゃわん》酒を、ぐいっと一気飲みして行きやがったこと、あるからね。

乃南　彼女なら、やるでしょうね。それから、ですが、万が一、彼女が捜査情報を喋ってしまったとして、私がそれをネタに小説を書いたとしますよね、それでもまだ、音道さんは私とのつきあいを続けるタイプだと、思われますか？

滝沢　さあ、知らねえ。

乃南　そんな、ずるいですよ。

滝沢　何が？　あんたら女同士の友情なんて、俺に分かるはず、ないでしょうが。

乃南　そういうのに男同士も女同士もないと思いますけど。それに音道さんの性格を、ご存じのはずでしょう？

滝沢　――まあ、あたしの知ってる音道なら、たとえ相手が親友だって、利用されたり裏切られたと思ったら、容赦しねえっていうか、ぴしゃりとやるんだろうな。そういうとこ、キツいだろうからなあ。ああ、そういえば、乃南さん、あんた、音道とのつきあいが長いんなら、ちょっと教えて欲しいんですがね。

乃南　何でしょう。

滝沢　音道がバツイチだって話ね。

乃南　ああ、はあ。

滝沢　本当なんだ。理由は、何だったんです。

乃南　さあ――そういうことは、私の口からお話ししていいことかどうか、分かりませんから。

滝沢　何だよ、案外、口が堅いんだな。

乃南　最初に、そう申し上げたと思いますよ。私、本当に口、堅いんですから。

滝沢　なるほど。女同士の友情か。

乃南　滝沢さん、どうして何かというと「女同士」って仰《おつしや》るんです？　別に、女同士だからどうのっていうことじゃないと思いますけど。

滝沢　ああ、はいはい。そうムキになるようなことでもないでしょう。近頃の女は、本当に怒りっぽくなったよな。そう思いませんか。

乃南　怒りっぽくなったんじゃなくて、男性の無神経な発言に対して、昔ほど我慢しなくなったんだと思います。

滝沢　人間、辛抱が肝心ってこともあると思うんだけどねえ。
乃南　――音道さんのストレスが、少し分かったような気がします。
滝沢　なぁにがストレスだか。いいですか、作家先生。人間ねえ、毎日息して、飯食って、クソしてるばっかりじゃないんだ。普通に暮らしてりゃあ、ストレスがあって当たり前なの。そりゃあ、あんたみたいに穴蔵みたいなところにこもって仕事してりゃあ、ずい分と楽な部分もあるだろうがね――。
乃南　そんなに楽なことばっかりじゃ――。
滝沢　ああ、はいはい。だから、ストレスがあるでしょうが。ねえ？　そんなねえ、当たり前のことに、いちいち、やれ「可哀想《かわいそう》」だの「気の毒」だのって言ってるから、人間はどんどんヤワになっちまうんだよ。ねえ、分かります？
乃南　――はあ。
滝沢　音道ってヤツはね、そりゃあ、気に入らない部分はたくさんあるけど、何しろ生意気だし、無表情で何考えてんだか分からねえしね、第一、デカいんだよな。
乃南　態度が、ですか。
滝沢　ちがうちがう。背！　背が高すぎるっていうの。もう、俺ねえ、女からこう、見下ろされるのって嫌なんだ。第一、ほら、ちょっと見て（前屈《まえかが》みになって頭頂部を見せる）。来てるでしょう。もう、すっかり薄くなってきてんですがね、これを、じいっと見られてるような気がするんだ。だから、本当に嫌だな、あの女。

乃南　（かなり小声で）こっちだって、見たくて見てるわけじゃないんでしょうけど。

滝沢　ねえ、だから音道は生意気だっ。可愛《かわい》げってヤツがないね。だけど。

乃南　だけど？

滝沢　あいつは、優秀な刑事ですよ。

乃南　そうですか。

滝沢　ここだけの話だけどね、あいつは見所ありますよ。肝っ玉が据わってるっていうか、いい根性してるっていうかね。そんなストレスがどうのなんて、甘っちょろいヤワなことは、言いやしねえ。

乃南　買ってらっしゃるんですね。

滝沢　まあ――それほどでもないけどね。あんた、知らないと思うけど、あたしら刑事は所轄《しょかつ》にいる以外の時は、何かあると、その都度、違う相手と組むことがあるわけね。俺もまあ、ずい分、色んなデカさんたちと組ましてもらったし、それこそ若い頃には、本当にベテランの、怖ぁいデカさんにね、色々と教わって、叱《しか》られて、仕込んでもらったもんだけど。音道と組んだのは、なかなか、印象的でした。

乃南　そうですか。

滝沢　俺は女だからって容赦しないからね、結構、厳しいことも言ったかも知れんが、音道はよくついてきましたね。

乃南　頑張り屋ですからね、彼女。

滝沢　そうなんだよな。そんなに頑張ること、ねえんじゃねえかと思うくらいに、頑張るよねえ。あんた、乃南さん。

乃南　はい。

滝沢　音道の友だちなんでしょう。だったら、あんたから少し、言ってやったらどうかね。そう突っ張らかってばっかりいねえで、少しは柔らかくなれとかさ。

乃南　でも、柔らかくなったら、今の仕事は無理かも知れないですよね。彼女は刑事っていう仕事が好きだって言ってました。

滝沢　ああ、そう。へえ——じゃあ、勝手にしやがれだな。まあ俺は、もうそうそう組むこともねえだろうから、呑気《のんき》なもんだ。新しく組む相手が手こずるだけの話だもんな。へえ、あいつは刑事の仕事が好きなのか。ふうん——。

乃南　ちょっと嬉《うれ》しそうに見えますね。

滝沢　そんなこたあ、ねえって。関係ねえから。ああ、面倒だな。焼酎、ボトルでもらおうか。なあ。

乃南　もう一本、いきますか？

滝沢　おう、いきます、いきます——ああ、そういえば、音道って下着盗まれたことあるの、知ってました？　あれ、いつだったかなあ。
乃南　ゴミハンターみたいなのに狙《ねら》われたときのことですよね。
滝沢　そうそう、それそれ。何だ、やっぱり色々、聞いてるんじゃないのかね。
乃南　だってあの事件は、音道さんはむしろ被害者だったんですから。
滝沢　まあね、まあ、いいや。とにかくあの時のホシの押収物《おうしゅうぶつ》の中からね、まあ色んなものが出てきたわけですが、音道のパンツってヤツが、こりゃあもう派手だったって――。
乃南　嘘《うそ》ですよ、そんなの。
滝沢　そうかねえ。何でも、こうヒモのついてる真っ赤なヤツでって、聞いたけどね。
乃南　ですから、嘘です。第一、そんなことを女性の前で話したらセクハラですよ。
滝沢　そんなパンツ一枚のことで、騒ぐこたあ、ないでしょうが。
乃南　パンツ一枚にこだわって、妙なデマを喜んでるのは、そちらじゃないですか。普通の企業だったら本当に、問題にされてると思いますよ。男社会で無神経になってるんだと思いますけど、婦警さんの中には、結構ムカついてる人もいると思うなあ。
滝沢　ムカつきたいヤツには、勝手にさせときゃあ、いいって。駄目だよ、あんた、乃南さん。少しは音道を見習わないと。あいつは、パンツ一つのことで、そんなに目くじらなんか立てたりしないからね。

乃南 ――そんなこと、ないと思いますけど。

滝沢 いや、あいつは俺の言うことには怒らないね。何しろ相棒だからな。お互いを許し合って、理解しあって、時によっちゃあ、家族より長い時間を二人で過ごして、一つの目的のために汗水垂らす仲なんだ。

乃南 じゃあ、戦友ですね。

滝沢 そうそう、戦友だな。だから、下らねえことで、ごちゃごちゃ言ったりはしないんだ。多分、警察であいつのことをいちばん理解してるのは、この俺だと思うよ(大笑い)。

乃南 そうですか。音道さんも、さぞ心強いことでしょうね(ため息)。何だ、結局、好きなんじゃないですか。

――店内の雑音と滝沢氏の笑い声にかき消されて、最後の言葉は相手に届かなかった。

この作品は平成十一年一月新潮社より刊行された。

乃南アサ著

女刑事音道貴子

凍える牙

直木賞受賞

凶悪な獣の牙——。警視庁機動捜査隊員・音道貴子が連続殺人事件に挑む。女性刑事の孤独な闘いが圧倒的共感を集めた超ベストセラー。

乃南アサ著

女刑事音道貴子

鎖

（上・下）

占い師夫婦殺害の裏に潜む現金奪取の巧妙な罠。その捜査中に音道貴子刑事が突然、犯人らに拉致された！　傑作『凍える牙』の続編。

乃南アサ著

女刑事音道貴子

未練

監禁・猟奇殺人・幼児虐待——初動捜査を受け持つ音道を苛立たせる、人々の底知れぬ憎悪。彼女は立ち直れるか？　短編集第二弾！

乃南アサ著

女刑事音道貴子

嗤う闇

下町の温かい人情が、孤独な都市生活者の心の闇の犠牲になっていく。隅田川東署に異動した音道貴子の活躍を描く傑作警察小説四編。

乃南アサ著

女刑事音道貴子

風の墓碑銘《エピタフ》

（上・下）

民家解体現場で白骨死体が発見されてほどなく、家主の老人が殺害された。難事件に『凍える牙』の名コンビが挑む傑作ミステリー。

乃南アサ著

いちばん長い夜に

前科《マエ》持ちの刑務所《ムショ》仲間——。二人の女性の人生を、あの大きな出来事が静かに変えていく。人気シリーズ感動の完結編。

新潮文庫の新刊

万城目学著
あの子とQ
高校生の嵐野弓子の前に突然現れた謎の物体Q。吸血鬼だが人間同様に暮らす弓子の日常は変化し……。とびきりキュートな青春小説。

川上未映子著
春のこわいもの
容姿をめぐる残酷な真実、匿名の悪意が招いた悲劇、心に秘めた罪の記憶……六人の男女が体験する六つの地獄。不穏で甘美な短編集。

桜木紫乃著
孤蝶の城
カーニバル真子として活躍する秀男は、手術を受け、念願だった「女の体」を手に入れた！ 読む人の運命を変える、圧倒的な物語。

松家仁之著
光の犬
河合隼雄物語賞・芸術選奨文部科学大臣賞受賞

やがて誰もが平等に死んでゆく――。ままならぬ人生の中で確かに存在していた生を照らす、一族三代と北海道犬の百年にわたる物語。

池田渓著
東大なんか入らなきゃよかった
残業地獄のキャリア官僚、年収230万円の地下街の警備員……。東大に人生を狂わされた、5人の卒業生から見えてきたものとは？

西岡壱誠著
それでも僕は東大に合格したかった
―偏差値35からの大逆転―

成績最下位のいじめられっ子に、担任は、東大を目指してみろという途轍もない提案を。人生の大逆転を本当に経験した「僕」の話。

女刑事《おんなけいじ》音道貴子《おとみちたかこ》　花《はな》散《ち》る頃《ころ》の殺人《さつじん》

新潮文庫　の－8－2

平成十三年八月一日発行
令和七年四月十五日二十六刷

著者　乃《の》南《なみ》アサ

発行者　佐藤隆信

発行所　株式会社　新潮社

郵便番号　一六二―八七一一
東京都新宿区矢来町七一
電話　編集部(〇三)三二六六―五四四〇
　　　読者係(〇三)三二六六―五一一一
https://www.shinchosha.co.jp

価格はカバーに表示してあります。

印刷・大日本印刷株式会社　製本・加藤製本株式会社

ISBN978-4-10-142521-4 C0193